Sofie Seidl

SOKO STAUBWEDEL

Ein München-Krimi

Die Autorin wurde im Herzen von München geboren, flanierte mit ihrer Oma täglich durch die Münchner Innenstadt und schrieb mit acht Jahren ihre ersten Kurzgeschichten. Nach dem Abitur schloss sie zunächst eine zweijährige Ausbildung als Zeitungsjournalistin ab und studierte anschließend Sozialpädagogik. Sofie Seidl arbeitete acht Jahre als Journalistin, Pressereferentin und Lektorin und betreute 15 Jahre lang sozial benachteiligte Jugendliche und junge Erwachsene. Mit 48 Jahren begann sie, Romane zu schreiben. Nach den beiden Tierkrimis „Rattenscharf" und „Mausetot" mit Maxi, dem liebenswerten Münchner Ratten-Sherlock, ist „Soko Staubwedel" der dritte Roman von Sofie Seidl und das erste Buch mit der rotzfrechen Münchner Laienermittlerin Sascha.

Sofie Seidl

SOKO STAUBWEDEL

Ein München-Krimi

Bibliografische Information der Deutschen Nationalbibliothek: Die Deutsche Nationalbibliothek verzeichnet diese Publikation in der Deutschen Nationalbibliografie; detaillierte bibliografische Daten sind im Internet über http://dnb.dnb.de abrufbar.

sofie-seidl.jimdo.com
sofie.seidl@gmx.net
Lektorat: Ilse Gams

Herstellung und Verlag:
BoD – Books on Demand, Norderstedt

ISBN 9783734773174

Inhalt

1 Freitag – Der ewige Casanova

Irgendwie mache ich Sachen, ohne vorher im Geringsten über mögliche Konsequenzen nachzudenken! Kennen Sie das?

Ich glaub ja, alles hat damit begonnen, dass mein Vater sich einen Jungen wünschte. Weil ich aber nun mal keiner bin, musste ich die angeblich traditionelle weibliche Zurückhaltung vielleicht etwas überkompensieren. Manchmal bin ich für andere Leute angeblich ein bisschen wie ein Tsunami. Aber bilden Sie sich selbst Ihre Meinung – wie eine bekannte Textsparsame Tageszeitung es so schön formuliert hat.

Nach diesen meines Erachtens ausreichenden küchenpsychologischen Gedanken sprang ich rasch unter die Dusche. Es war jetzt Freitagmorgen 6:15 Uhr und ich hatte nicht mehr viel Zeit, wenn ich pünktlich in der Arbeit sein wollte. Schließlich gefiel mir meine Stelle im Hotel, nicht zuletzt, weil ich dort erst seit einem Jahr tätig war. Ich liebe nämlich die Abwechslung – auch beim Job. Schnell aufgehübscht und dann los. Frühstücken konnte ich in der Hotelküche.

Hätte ich gewusst, wieviel Vergnügen, Versuchung und Verbrechen die nächsten Tage bringen würden, mir wären Flügel gewachsen …

Das Hotel „Zum Stenz", bei uns niederen Angestellten auch Zenz genannt, lag mitten im künstlerischen Herzen der Bayrischen Landeshauptstadt in München Schwabing, gleich neben der Außensitzfläche zum Café Münchner Freiheit. Wenn Sie Glück haben, können Sie sich dort zum „Namensgeber" unseres Hotels an den Bistrotisch setzen: dem ewigen Vorstadt-Casanova", auf bayrisch „Stenz", Helmut Fischer,

Volksschauspieler und Original. Allerdings nur zu seiner lebensgroßen Bronzestatue, durch die er den Münchnern für immer im Gedächtnis bleiben wird. Dass ein bisschen was immer geht, im Flirt mit dem anderen Geschlecht, war der Wahlspruch von Monaco Franze, Fischers wahrscheinlich bekanntester Serienfigur. Aus der legendären Filmserie „Monaco France – Der ewige Stenz". Ich finde, er hatte mit diesem Motto durchaus Recht.

Im Hotel angekommen, machte ich mich rasch an die Arbeit. Will heißen, ich saugte, putzte und staubwischte mich durch das Erdgeschoß: das Foyer einschließlich riesigem Helmut-Fischer-Portrait mit legerem Anzug und Humphrey-Bogart-Hut, unseren kleinen Fitnessraum sowie die mini Wellness-Oase mit Sauna und Indoor-Pool, der durch eine Wand in Form von bodentiefen Fenstern einen wunderschönen Blick zum saftig grünen und üppig blühenden Garten bot. Ebenfalls im EG befand sich unsere Hotelküche und das kleine Restaurant, aber die sauber zu halten, war Gott sei Dank Sache der Küchencrew.

Als Nächstes würde ich mir die sechs Gästezimmer/-suiten im 3. Stock zur Brust nehmen. Jetzt brauchte ich allerdings erstmal eine Pause. In Vorfreude auf einen belebenden Tee und die Möglichkeit, nach der ersten Schufterei 15 Minuten auf meinem Allerwertesten zu sitzen, stieg ich beschwingt die Treppe zum ersten Stock hinauf und betrat den Aufenthaltsraum fürs Gesinde.

Nachdem ich aus der Kaffeemaschine heißes Wasser in meine teebebeutelte Tasse abgefüllt hatte, ließ ich mich auf der geschmacksfreien, aber leidlich bequemen hölzernen Eckbank aus den 80ern nieder, die, ihrem preissparenden Äußeren nach zu urteilen wohl aus der TV-Serie „Die Hausmeisterin", ebenfalls mit Helmut Fischer, stammte. Ich schlürfte das heiße Gebräu gerade engagiert in mich hinein, da öffnete sich die Tür.

„Milena, was ist denn mit dir los? Du schaust ja aus, als hättest du ein Gespenst gesehen", sprach ich meine kroatische Lieblingskollegin vom Housekeeping an.

„Bist ja kalkweiß im Gesicht und deine Hände zittern. Und deine Uniform ist ganz zerknittert. Hey, kipp mir hier bloß nicht um! Setzt dich hin – ich hol dir ein Glas Wasser."

Ich führte Milena zur Eckbank und drückte sie sanft aber bestimmt auf das Polster. Mit dem Glas frisch gezapftem Leitungswasser musste ich mehrfach ihre Hand anstupsen, bis sie reagierte. Dann aber nahm sie es, trank es begierig in einem Zug aus und warf mir einen dankbaren Blick zu. Ich füllte ihr das Glas erneut.

Ich setzte mich Milena gegenüber und fragte noch einmal.

„Was ist passiert?". Als ich ihr Zögern bemerkte, fügte ich hinzu, „Du weißt, mir kann man alles sagen und ich behalte, wenn nötig, auch alles für mich".

Eine weitere Minute verging, während der wir uns schweigend in die Augen schauten, ich geprüft und gewogen und schließlich für gut befunden wurde.

Zögerlich fing Milena an zu sprechen.

„Ich habe grade Zimmer 13 gemacht, weißt du, das von diese unsympathische, fette, geschniegelte Kerl, der immer so arrogant grinst …"

Milena verzog angewidert den Mund, schüttelte ihren Kopf und schluckte schwer. Ich ahnte bereits, worauf dieser Bericht hinauslaufen würde, nahm Milenas Glas, schüttete das Wasser aus und nach etwas Suchen drei Finger breit Cognac hinein.

Selbstverständlich dürfen wir als Hotelpersonal während der Arbeitszeit keinen Alkohol trinken und natürlich gibt es im Aufenthaltsraum offiziell auch keinen. Aber für Notfälle, wie z.B. besonders nervige Gäste, ist eben doch einer hier, wenn man weiß, wo. Sein Versteck war das erste, das ich herausfand, als ich hier neu anfing. Das musste mir keiner zeigen, denn in jedem Hotelpersonalraum gelten zwei Gesetze:

1. Es gibt dort *auf jeden Fall* irgendwo eine Flasche Alkohol.
2. Sie ist in einem Versteck, das die Chefin niemals findet.

Wieder schob ich das Glas in Milenas Hand, wiederum nahm sie einen tiefen Schluck. Ich stützte meine Ellbogen auf den Tisch und wartete ab. Nachdem sich ihr Hustenanfall gelegt hatte, erzählte meine Kollegin weiter, jetzt mit deutlich kräftigerer Stimme.

„Ich sauge also, dann, wie ich bin fertig mit Schlafzimmer, fange an mit Bad. Erst Waschbecken, dann will ich machen Badewanne. Wie ich mich beuge über Rad von Wanne und will wischen innen, höre ich plötzlich schnelle Schritte von hinten, so als ob einer rennt, dann rammt mich plötzlich was von hinten mit Schwung. Ich hätte beinahe Kopf in die Wanne angeschlagen, nur konnte mich bremsen, weil ich Hände ausgestreckt hatte zum Putzen. Da erst merke ich, dass ist ein Mann, der seine Körper presst an meine, seine Hände tatscht meine Brüste und redet widerliches Zeug mit der Stimme von diese Dreckschwein-Gast. Ich drehe und drehe mich, kann aber nicht abschütteln ihn. Mit eine Hand ich halte meine Balance in Wanne, mit die andere ich kratze und kralle meine Fingernägel in seine Hände.

Dann er lässt eine seine Hand los und versucht, unter meine Rock zu greifen und Hose runterziehen. Da ich reiße und zerre und kratze und drehe und trete und endlich er lässt mich los und ich renne sofort zur Tür und raus. Und die ganze Zeit über ich höre sein widerliches, heißeres Lachen. Das hat dem Schwein Spaß gemacht! Pasji Skot!! Cmar!! Debela Svinja!!!"

Während ihrer letzten Sätze hatte Milena die Finger beider Hände zu Krallen geformt und fuchtelte damit vor meinem Gesicht in der Luft herum. Ich lehnte mich vorsichtshalber etwas auf meinem Stuhl zurück. Mittlerweile war Farbe in ihr Gesicht zurückgekehrt, jetzt eben ein sattes Rot. Zeit, sie zu bestätigen.

„Du hast ganz genau das Richtige getan, Milena. Du hast dich erfolgreich gewehrt gegen dieses Arschloch. Du hättest auch schreien können, wir haben ja mehr Gäste auf dem Stockwerk und irgendeine Kollegin war sicher auch in der Nähe."

„Schreien hab mich nicht getraut. War mir so peinlich. Ich hatte Angst, dass jemand glaubt, ich hätte den Typ angemacht und werde rausgeworfen."

„Ach Milena. Dir braucht gar nix peinlich sein – *ihm* muss es peinlich sein, er sollte sich in Grund und Boden schämen, dass er es nötig hat, seine nicht vorhandene Männlichkeit auf diese Weise zu demonstrieren. Und niemand hier käme auf die Idee, dass du an so einem Übergriff schuld sein könntest – niemand außer dir selbst.

Weißt du, dass es sehr vielen überfallenen Frauen so geht, dass sie einen möglichen Grund bei sich, ihrem Aussehen oder ihrem Verhalten, suchen, warum sie angegriffen wurden?

Deshalb gibt es auch so viele, die einen Übergriff nicht anzeigen, die meinen, sie müssten schweigen."

„Nie wieder ich putz in sein Zimmer. Vorher ich kündige!"

„Einen Quatsch kündigst du. Und du musst auch nicht mehr bei ihm sauber machen. Das werde jetzt ich übernehmen."

2 Samstag – Ein Wal lernt fliegen

Für nächsten Vormittag hatten wir abgesprochen, dass Milena die Gästezimmer im dritten und vierten Stock übernahm, eigentlich mein Revier, ich würde den ersten und zweiten Stock säubern. Wie ab jetzt jeden Tag, solange das Schwein aus der 13 noch im Haus wohnte. (Beim Erdgeschoß wechselten wir uns immer ab, solange der 5. Stock nicht belegt war). Lara, als unsere Azubine, sollte diese Woche bei Milena mitmachen. Eine kleine Recherche, und ich wusste den Namen des Drecksacks: Besart Bogdani. Man weiß ja gerne, mit wem man spielt.

In freudiger Erwartung arbeitete ich mich voran, Nummer 10 und 11 hatte ich schon fertig. Als ich bei Nummer 12 anfing, bog die Zielperson um die Ecke. Super Timing! Spontan schlüpfte ich in die Rolle „scheues Reh".

Ich senkte den Blick und murmelte ein leises „Guten Morgen", als er an mir vorbeiging.

„Na wen haben wirr denn da Chübsches! Du machst ja wesentlich merr cher als deine Kollegin. Wenn du mit mirr in die Tiefgarage kommst, chab ich tolle Schuhe für dich – Prada, ganz billig."

Ohne eine Antwort abzuwarten, entsperrte er sein Zimmer mit dem extra retro 60er-Jahre-Wohnungsschlüssel und gab ein paar klickende Töne von sich, mit denen man gewöhnlich einen Hund oder ein Kätzchen anlockte. Ich merkte, wie ich rot wurde – er interpretierte es wohl als Scham, jedenfalls legte er ein heißeres Lachen nach. Ich musste mich beherrschen, ihm nicht hier und jetzt in seine blasierte Fresse zu springen.

Der Gedanke, dass Rache am besten kalt serviert wird, beruhigte mich wieder.

Als der Typ drin war, bearbeitete ich Zimmer 12 im Turbogang. In nur 15 statt der vorgesehenen 20 Minuten war ich durch.

Falls das jemandem kurz vorkommt, nur so viel: Im Hotel Zum Stenz, mit nur 25 Zimmern/Suiten klein, aber absolut edel, ist die Putzzeit großzügig bemessen. Wir dürfen sogar länger brauchen, Hauptsache die Räume sind am Schluss super sauber und wohlfühlgerecht. Viele andere Hotels – egal ob billig oder 5 Sterne – lassen den Chambermaids nur 8 bis 10 Minuten pro Gästezimmer. Der Zeitdruck ist oft enorm hoch, der Verdienst sehr niedrig. Bei uns wird ordentlich gezahlt.

Ich klopfte verhalten an der Tür mit der Aufschrift „Von Söttingen 13" (so hieß Monaco Franzes Frau in der Serie).

Ein befehlsgewohntes „Cherein!" ertönte. Mister Kotzbrocken saß fett am Tisch und ordnete, scheinbar desinteressiert an mir und ins Lesen einer Zeitschrift vertieft, an, ich solle im Bad mit dem Putzen beginnen und danach ins Schlafzimmer kommen. Ja klar, mach ich doch gern!

Laut sagte ich: „Wie Sie wünschen, Herr", in meinem devotesten Tonfall.

Dann schnappte ich mein Putzwerkzeug und wischte das Handwaschbecken blitzeblank. Anschließend beugte ich mich im Stehen weit vor ins Innenleben der Wanne. Diese ist hier in Zimmer 13 eine kleine Antiquität, versehen mit Löwenfüßchen und extra hohem Rand. Ihre hintere Breitseite befindet sich etwa 50 Zentimeter von der halbhoch gefliesten Wand entfernt.

Kaum hatte ich angefangen zu wischen, da hörte ich ihn schon herankeuchen. „Mit Schwung" hatte Milena gesagt, und genau so würde ich die Flugbahn beschreiben, die seine schätzungsweise 110 Kilo über meinem Kopf hinlegten.

Aikido heißt der Geheimtipp. Habe ich mal ein paar Jahre lang trainiert. Das ist eine japanische Kampfsportart, bei der man die Kraft des Gegners nicht gewaltsam stoppt, sondern einfach umlenkt. Im vorliegenden Fall hatte ich meinen Oberkörper gerade rechtzeitig gedreht und mit schnellem Griff von der Seite an den Hosenbund (igitt, aber ließ sich nicht vermeiden!) von Mister Arsch sein Bewegungsmoment noch ein bisschen beschleunigt.

Ein höchst befriedigendes Knacken kündete vom Ende des kurzen Fluges am gefliesten Teil der Wand. Ach, was bin ich doch punktgenau und arbeitgeberfreundlich – hier ließe sich das Blut leicht abwischen, den gemalerten Teil müsste man nachstreichen lassen.

Der Bewohner von Zimmer 13 war unglücklicherweise und trotz meiner ausdrücklichen diesbezüglichen Warnung anscheinend auf dem frisch gewischten Badboden ausgerutscht und hatte sich wohl beim Versuch, den Wannenrand zu fassen zu bekommen, selbst nach vorn gehebelt. Dumm gelaufen. Jetzt hing er über der Wanne wie ein gestrandeter Wal (kicher!). Ich würde schier untröstlich sein, wenn ich die Hotelleitung und den Krankenwagen verständigte.

3 Montag - Geschwisterhiebe

Da ich am gestrigen Sonntag meinen freien Tag genossen hatte, wirbelte ich am Montag vor Dienstbeginn durch die Schwingtür in die Küche und wollte Georg, unserem Koch, einen Guten Morgen wünschen. Er war nicht da. Stattdessen stand mit dem Rücken zur Tür ein Mann an der nächstgelegenen Arbeitsfläche, ein großes Fleischmesser in der Rechten. Aufgeschreckt fuhr er herum, das Schneideinstrument immer noch erhoben in der Hand. Natürlich hatte ich ihn sofort erkannt.

„Hallo Arnold, lange nicht gesehen. Was machst *du* denn hier?"

Ohne an seiner Haltung etwas zu ändern, sah Arnold mich an. Hasserfüllt, abschätzend. Er würde doch nicht …

Ich wusste, dass er mir schon immer gerne einen Dämpfer verpasst hätte, von dem ich mich nicht wieder erholen würde – aber gleich abmurksen, das kam mir dann doch ein bisschen übertrieben vor. Obwohl …

Verstehen könnte ich ihn. An seiner Stelle würde ich mir die Pest an den Hals wünschen und vielleicht ein paar Vertreter des entsprechenden Bakteriums, Yersinia pestis, aus einem Labor entwenden, um es mir anschließend heimlich zu verabreichen und mich an meinem langwierigen, schmerzhaften Untergang durch die letale Pest-Sepsis laben.

Kleine Brüder können sehr nachtragend sein. Wie schon erwähnt, hatte sich mein Vater vor meiner Geburt unbedingt einen Jungen gewünscht. Leider vergeblich, wie wir inzwischen wissen. Zunächst leidenschaftliche, später verzweifelte Versuche, doch noch den gewünschten männlichen Stammhalter zu produzieren, waren von Misserfolg gekrönt. Ich blieb das einzige Kind meiner Eltern.

Als schließlich doch noch ein Sohn das Licht der Welt erblickte – meine Mutter zählte damals bereits 43 Lenze, mein Vater 65 – war ich bereits 18, hatte mein Abitur (trotz null Prozent Lerneinsatz mit 1,4) bestanden und die Zusage für einen Studienplatz in Elektrotechnik an der TU München, den ich freilich nie annahm.

Außerdem, und das war das eigentlich Fatale an der Sache, hatte ich inzwischen sämtliche männlichen Nischen besetzt: Ich war technisch und mathematisch extrem begabt, frei von Angst und verhielt mich draufgängerisch bis waghalsig, haute schon mal ein paar anderen Kindern eins auf die Glocke, wenn sie mir blöd kamen.

Mutter hatte nach Arnolds Geburt immer mehr abgebaut. Als er 16 geworden war, interessierte sie sich für nichts mehr außer für ihre Fernsehserien, Liebesromane und fürs Stricken. Anscheinend hatte sie nach der Niederkunft mit einem Sohn ihre Pflicht im Leben nach eigener Meinung erfüllt und konnte den Rest ihrem Mann bzw. dem Schicksal überlassen.

Dass ich bis heute trotz meiner Kamikaze-Mentalität überlebt hatte, verdankte ich vermutlich meiner „weiblichen Seite" (!), die für eine gewisse – immer gerade noch rechtzeitige – Intuition in Gefahrensituationen sorgte. Außerdem konnte ich zu gegebener Zeit durchaus einfühlsam sein für die Leiden anderer und half ihnen gerne. Einzig Kochen und Hausarbeit zählten nicht zu meinen Stärken, aber wer ist schon perfekt.

Genau auf diese Tätigkeiten hatte sich schließlich Arnold gestürzt, blieb ihm ja buchstäblich nichts anderes übrig. They called him Arnold, nachdem mein Vater, verspätet, aber hell begeistert, die Terminatorfilme gesehen hatte. Mit anderen Worten: Selbst mit einer Auszeichnung zum Sternekoch oder als Konditormeister summa cum laude hätte mein Bruder unseren Vater nicht beeindrucken, geschweige denn zufriedenstellen können. Ich hatte das übrigens auch nie gekonnt, eben weil ab ovo das falsche Geschlecht. Inzwischen war es mir egal und Vater längst tot. Mutter war ihm ein halbes Jahr später gefolgt, irgendwie erleichtert, wie es schien.

Allerdings hatte Arnold ohnehin nie die Ausdauer und das Selbstbewusstsein besessen für eine erfolgreiche Entwicklung. Er war eher der empfindsame, verletzliche Typ, wurde überall gemobbt, litt an Neurodermitis, verschiedenen Allergien und Angstzuständen.

Ich habe früher wirklich alles versucht, um Arnold aus der Deckung und Isolation zu holen. Um ihn selbstbewusster zu machen, nahm ich ihn schon als Fünfjährigen auf Wildwasser Raftingtouren mit meinen Freunden mit. Ergebnis: Arnold bekam eine schwere Bronchitis und scheute künftig nicht nur vor Höhen, Menschenansammlungen, Lärm, Spinnen und Hunden, sondern auch vor Wasser zurück.

Auch meine Experimente, Arnold in die Disco mitzunehmen (Folge: wochenlange Tinnitusgeräusche auf dem linken Ohr), mit ihm an einem kleinen elektronischen Schwester-Bruder-Projekt zusammenzuarbeiten (Ergebnis: leichter Stromschlag plus Verbrennungen an der rechten Hand), mit ihm einen Kurs in Selbstverteidigung zu besuchen (Fazit: Schleudertrauma), brachten nichts. Danach habe ich mich darauf beschränkt, jeweils den Kindern, die Arnold gerade mobbten, in einer dunklen Gasse aufzulauern und ihnen gehörig Angst einzuflößen. Zeitgleich bemühte ich mich für ihn um einen Termin beim Psychotherapeuten.

Als ich schließlich realisiert hatte, dass Arnold auch diese Unterstützung keineswegs zu schätzen wusste, ja dass sich seine von Geburt an bestehende Abneigung gegen mich in veritablen Hass verwandelt hatte, hielt ich mich ganz aus seinem Leben heraus. Jetzt war mein „kleiner" Bruder 20 Jahre alt und ich hatte ihn seit einer Ewigkeit nicht gesehen. Ich hoffte *so* für ihn, dass er es eines Tages schaffen würde, er selbst zu werden.

Jetzt, in diesem Moment allerdings stand er, gar nicht schüchtern, nur zwei Meter vor mir mit einem erhobenen Fleischermesser in der Hand. Nach ein paar Minuten des gegenseitigen Fixierens und Anschweigens teilte mir meine weibliche Intuition mit, dass mehr Abstand zu Arnold eine gute Idee wäre.

Ich tat ihr den Gefallen und wich einen kleinen Schritt zurück. Was soll ich sagen: Das schwach blinkenden Warnlämpchen in meinem Kopf kämpfte gegen eine lodernde Fackel aus Neugier, wie sich Brüderchen wohl entscheiden würde – das Schwesterchen alle machen oder nicht. Armes Lämpchen, keine Chance.

Plötzlich stürzte jemand durch die Schwingtür hinter mir in den Raum, rammte mich rücklings und ich flog auf mein Bruderherz zu. Dieses senkte im selben Moment das Messer, wodurch es an meiner linken Taille entlangschrammte und den Bund meiner Jeans ein Stück aufschlitzte. Es hatte das Ensemble Magen-Milz-Bauchspeicheldrüse um ein paar Zentimeter verfehlt. Tja, knapp vorbei ist auch daneben.

„Oh Mann, tut mir leid!", stammelte Georg, seit fast einem Jahr unser Chef de Cuisine. „Hab verpennt und wollte nicht der Brax in die Hände fallen!"

Frau Brax war die Chefin des Housekeeping. Ihre geringe Körpergröße von 1,52 machte sie durch ihr Organ und eine gouvernantenhafte Strenge mehr als wett. Gott sei Dank hatte Georg eben weder den Riss in meiner Jeans bemerkt, über den ich rasch mein hochgerutschtes T-Shirt zog, noch den Blick gesehen, den mein Bruder und ich tauschten. Es war einer der seltenen Momente, in denen wir denselben Gedanken teilten, schade eigentlich …

„Was machst du übrigens hier?", nahm ich meine Frage von vorhin wieder auf, nachdem ich meine Gedanken geordnet und dem verwunderten Georg erklärt hatte, woher Arnold und ich uns kannten …

„Wegen mir kann es ja wohl nicht sein. Wusstest du überhaupt, dass ich hier im Hotel arbeite?"

Er schwieg, suchte offensichtlich nach einer unverfänglichen Antwort. Ebenso klar hatte er nichts von meiner Anwesenheit im Stenz gewusst – in Arnolds Miene zu lesen, war mir immer schon leichtgefallen.

Georg antwortete an seiner Stelle. Er kannte meinen Bruder offenbar deutlich besser als ich.

„Unser Arnold hier ist verliebt in eine unserer Kolleginnen."

Jetzt sah mein Bruder *Georg* an, als ob er ihn am liebsten fressen würde. Aber der grinste nur und fügte hinzu:

„Was ist daran so schlimm, mein Freund, das ganze Hotel weiß es längst." Das ganze Hotel außer seiner eigenen Schwester.

„Sicher ein sehr nettes Mädchen …", stammelte ich herum und blickte zu Georg auf der Suche nach einer Ablenkung von dem viel zu heißen Thema. „Oh", kommentierte ich mehr erleichtert als eloquent die wie immer wunderschön angerichtete Nachspeise, die unser Sternekoch gerade dem Kühlbereich entnommen hatte. Der rechteckige weiße Teller war mit einer leuchtend roten Masse begossen. Darauf zeichnete sich ein dunkles Kunstwerk ab, ein V mit filigranem Strahlenkranz. In einer Ecke des kulinarischen Gemäldes prangte eine große grüne Kugel.

„Meine neueste Kreation. Zartbitterschokolade auf einem Gelee-Spiegel aus roter Johannisbeere an Matchaeis". Mit diesen Worten stach Georg seinen Löffel breit grinsend mitten in das V und schob sich die Ladung in den Mund. Ich musste mich kolossal beherrschen, um mich nicht ansatzlos darauf zu stürzen. Und das, obwohl ich gar nicht für Süßigkeiten schwärmte. Stell mir ein Stück Torte auf den linken Teller und ein dickes Käsebrot auf den rechten und meine Wahl ist politisch nicht einwandfrei …

„Hab isch vorhin schuschammengebaschtelt, mal schaun, wiesch schmeckt", nuschelte der stolze Künstler und vernichtete den Rest seiner Kreation. „Kann man laschen."

Er hatte alles in allem nur zwei Minuten gebraucht, wie mir ein Blick auf unsere riesige elektronische Küchenuhr über der Schwingtür am Ein-/Ausgang verriet. Neidisch beobachtete ich, wie Georg den Löffel von allen Seiten ableckte und ihn anschließend in hohem Bogen in die Spüle warf.

Erst später, nach Dienstschluss und als mein Bruder längst gegangen war, erzählte mir Georg auf unserem gemeinsamen Weg hinunter zur U-Bahn, dass er Arnold vor zwei Jahren kennengelernt hatte, als dieser bei ihm einen Kochkurs belegt hatte. Daraufhin hatte mein Bruder eine Lehre zum Koch begonnen – und Georg hielt ihn für talentiert! Es geschehen noch Zeichen und Wunder!

Unter dem riesigen weißen Kunststoffdach der Busstation Münchner Freiheit, das auf zahlreichen filigranen Säulen dem Erdboden entgegenfloss als wäre das Material während der Bearbeitung durch den Künstler zu heiß geworden, überquerten wir die Schienen der Straßenbahn. Irgendwie wurde ich bei seinem Anblick jedes Mal in die Plastikwelt des Starlight Casinos der Retro-SiFi-Serie Raumpatrouille aus den 60ern versetzt.

„Wie geht es Dir jetzt eigentlich mit deiner Flamme? Ist es Dir inzwischen gelungen, das kalte Herz ihres Vaters zu erobern?", fragte ich Georg. Seit etwa einem Jahr war der hübsche Deutsch-Türke mit dem braunschwarzen, lockigen Haar und den blauen Augen bis über beide Ohren in eine wunderschöne, rehsanfte (O-Ton Georg!) Maid verknallt und wollte sie zum Traualtar führen. Leider war deren aus Anatolien stammende Familie sehr konservativ und bestand auf einem „rein" türkischen Ehemann.

„Ja, der Vater hat mich endlich akzeptiert", antwortete unser Starkoch zögerlich, so als könne er es selbst noch nicht recht glauben.

„Die Hochzeit wird im Sommer stattfinden".

„Mensch Georg, das ist ja Super!", rief ich begeistert.

„Komm, das müssen wir feuchtfröhlich feiern – wenigstens ein Gläschen! In spätestens einer Viertelstunde darfst du zu deiner Süßen, Doppelschwör!"

Mein letzter Satz zauberte Georg, der eigentlich sofort fahren wollte, ein Lächeln auf die Lippen. Wir verließen den

Busbahnhof wieder, schlugen uns in die nächste Querstraße und enterten die nächste Kneipe. In Schwabing gab es an jeder Ecke mehrere davon. Ich orderte eine Flasche vom guten Sekt und wir stießen an, dass die Gläser klirrten und uns der Mann hinter der Bar einen scheelen Blick zuwarf. Ja mei, wenn halt zwei mit dem entsprechenden Temperament zusammenkommen, kann vielleicht schon mal was zu Bruch gehen.

Es stellte sich heraus, dass die Flasche Sekt mehr als ein Glas pro Nase hergab und außerdem nicht allein bleiben wollte. So wurden aus 15 eben doch 30 Minuten. Georgs Gesicht hatte inzwischen einen satten rotwangigen Ton angenommen. Er strahlte wie ein Honigkuchenpferd und schwärmte beim ersten Glas von Samiras tollem Haar, beim zweiten von ihren großen, seelenvollen Augen und beim dritten Glas von anderen großen Rundungen Bug- und Heckseits. Schließlich schritten wir beschwingt zur U-Bahn, trennten uns im Sperrengeschoss unter theatralischen Wangenküsschen und stiegen am flippigen neongrün bewandeten Bahnsteig mit den betörend royalblau leuchtenden Säulen jeder in seinen Zug.

4 Mittwoch – Nemesis und Eros

Am heutigen Mittwoch hatte ich wieder Frühschicht. Am Anfang meiner Arbeit im Hotel dachte ich, dass ich das mit dem Early-Bird-Aufstehen auf keinen Fall lange schaffe. Ich würde es einfach ausprobieren, aber wenn es mir nicht mehr taugte, würde ich mir eine andere bezahlte Beschäftigung suchen. Doch im Gegensatz zu meiner Annahme hab ich mich sehr schnell an das zeitige Ende der Nacht gewöhnt und inzwischen genieße ich sogar, dass ich seit rund einem Jahr öfter mal die Sonne aufgehen sehe … Und, dass nach Feierabend noch eine Menge Zeit übrig ist, die ich wohlverdient für mich selbst nutzen kann!

Um 15 Uhr hatte ich meine Pflichten für den Tag fast erfüllt und gönnte mir eine zweite kurze Teepause im Aufenthaltsraum. Wieder hatte ich Milena angetroffen und mit ihr über ihren Beziehungsstress gesprochen. Ihr Freund Lukas war zwar ein fleißiger und verlässlicher Kerl, aber ab und zu ein bisschen überbehütend – vor allem, wenn er den Eindruck hatte, dass ein anderer Mann seiner Liebsten zu nahe kam. Gestern war es deswegen beim abendlichen Kneipenumzug zu einer heftigen Auseinandersetzung mit einem Fremden gekommen, der sich am Nebentisch aufgehalten und Milena Lukas' Meinung nach „unverschämt angeflirtet" hatte.

„Hat er mir höchstens ein bisschen, wie heißt, geschäkert. Hatte er zuviel getrunken. Ich habe aber nicht beachtet, weil ich kenne ja meine Lukas. Trotzdem ist Lukas irgendwann zuviel geworden und er hat den Mann angeschrien. Fast hätte ihm eine gehaut, wenn ich nicht dazwischengegangen und gesagt, wir gehen jetzt heim."

Ehrlich, ich fragte mich, warum sich Milena den Stress mit ihrem Lukas immer noch antat. So wie sie aussah mit ihrem slawischen Gesicht, den ausgeprägten Wangenknochen, dem dunklen Teint, den dunkelblonden Haaren und den schwarzen Augen, groß und kräftig-drall, hätte sie zwei Typen an jedem Finger haben können.

Außerdem bin ich beim Thema Eifersucht nicht die richtige Ansprechpartnerin. Weil, meistens bin ich es, auf die der jeweilige Kerl eifersüchtig ist, und in der Regel zu Recht. Ich bin halt wie ich bin und genieße das Leben gern, wenn es sich mir anbietet. Das sehe ich genauso wie Balu der Bär. Mit meinen 38 Lenzen bin ich meines Erachtens viel zu jung, um damit aufzuhören. Allerdings arbeite ich deutlich mehr und lieber als mein flauschiges Vorbild aus Kinderzeiten, ständig faul rumzuhängen wäre mir zu langweilig.

Plötzlich schlug eine Tür ohrenbetäubend laut zu. Gleich darauf erklang ein Rennen und Wimmern im Gang vor dem Pausenraum. Jemand hastete an der geschlossenen Tür vorbei, ich hörte eine gepresste Stimme „Seien Sie doch still!" lautflüstern, dann polterten mehrere Fußpaare die Treppe hinunter, vermutlich Richtung Rezeption bzw. zum Büro des Managements dahinter. Mir war sofort klar, dass etwas Schlimmes passiert sein musste. Denn die Stimme hatte Frau Brax gehört, unserer Version von Mrs. Danvers, der dämonischen Haushälterin aus Hitchcocks Psychothriller „Rebecca".

Milena und ich sahen uns alarmiert an. Dies war ein sehr ruhiges Hotel, das Gemütliche gehörte zum Retro-Image, zum Motto: Bei uns finden Sie sie wieder – die Gute Alte Zeit im München der 70er und 80er Jahre. Allen Hotelangestellten wurde dieses Motto vom ersten Tag ihrer Anstellung an eingebläut und alle, wirklich alle hatten es verinnerlicht. Niemand sprach in den öffentlich zugänglichen Bereichen des Hauses jemals lauter als in halber Zimmerlautstärke. Und besonders die Hausdame wachte wie Zerberus über die Einhaltung dieser Regel.

Wie auf ein unsichtbares Kommando hin sprangen Milena und ich auf. Während Letztere jedoch stehenblieb, schoss ich auf die Tür zu, um mich an die Fersen der Vizechefin zu heften. Ein zischend geflüstertes „Bleib da, das gibt nur Ärger!" von meiner Kollegin ignorierte ich wie stets solche Warnungen.

Die kurze Reise ging tatsächlich ins Erdgeschoß. Unsere Rezeption war verwaist. Vermutlich weilte Otto, unser Concierge, derzeit – mal wieder – am „stillen Örtchen", wie das Klo in den heiligen Hallen der hohen Münchner Hotellerie genannt wurde. Der Begriff Concierge stammt übrigens aus dem Frankreich des 18. Jahrhunderts. Besonders während der Französischen Revolution hatte der Concierge die Rolle des Gefängniswärters …

Mit angehaltenem Atem schlich ich hinter den edel verarbeiteten Tresen aus dunklem Holz und legte vorsichtig mein Ohr an die schwere Tür zum Büro von unserer Hotelchefin Frau Feddersen, hinter der die Brax verschwunden war. Trotz der Dicke der Echtholztür brauchte ich mich nicht anzustrengen, um zu verstehen, was gesprochen wurde. Ein Glück, dass momentan kein Gast in der Nähe weilte, sonst wäre es um den Ruf von Münchens kuscheligstem Vintage-Paradies ein für alle Mal geschehen gewesen.

„Hoben Sie überprüft, ob er wirklich dood is?", fragte unsere Hotelmanagerin, die mich mit ihrer langen dünnen

Gestalt immer etwas an eine Gottesanbeterin erinnerte, gerade mit sich leicht überschlagender Stimme.

„Wozu sollte ich das wohl tun?", entgegnete Frau Brax vorwurfsvoll und mit deutlich *über* halber Zimmerlautstärke. „Der Mann liegt total verrenkt in seinem Bett, mit verzerrtem Gesichtsausdruck und starren offenen Augen. Außerdem, Frau Feddersen, darf man eine Leiche nicht berühren, wegen der Spuren – das weiß doch heute jedes Kind!"

Offensichtlich schwamm die Hausdame derzeit auf einer Welle reinsten Adrenalins, sonst hätte sie sich nicht so mit ihrer Direktorin reden getraut. Anscheinend war ihr das grade selbst aufgegangen, denn sie fuhr in deutlich freundlicherem Ton fort:

„Wir müssen die Polizei rufen, Frau Feddersen. Ich fürchte, darum kommen wir nicht herum …"

Eine Pause entstand, dann hörte ich, wie es dreimal in rascher Folge klackte. Wenig später sprach die Hotelleiterin mit bemüht sachlicher Stimme ins Telefon.

„Mein Nåme is Feddersen, Anke-Jedde Feddersen, ich bin die Managerin vom Hotel Zum Sstenz in München Schwåbing. Leider hat es hier einen Touten gegeben. … Jou, in seinem Zimmer, im Bett … nein, niemand hat etwas angefasst … selbstverssständlich, ich werde daass Personål entsprechend anweisen."

Nach einer weiteren Pause, den Worten „Jou, ich bleibe in der Leitung" und einer erneuten Schilderung der Ereignisse, hörte ich Frau Feddersen mit fester Stimme hinzufügen:

„Ich hädde noch eine dringende Bidde: Dies ist ein Hotel, daass Menschen besuchen, um sich zu erhooln – sie verstehen? Ich wäre Ihnen also sehr verbunden, wenn Sie diskreet

vorgehen könnten – z.B. Ihre Wågen in der Tiefgarage paar-
ken und sich möglichst still und unauffällig im Haus bewegen
… jo, natürlich müssen Sie Ihre Aarbeit tun, nur … ich weiß
auch, dass manche Polizisten Uniform trogen … jou, sicher
…nur, soweit es ihre Aarbeit erlaubt … Wir werden Ihnen alle
vollumfänglich zur Verfügung sstehen und Ihre Ermiddlungen
nicht behindern, sondern in jeder Hinsicht unter-sstützen,
Herr Hauptkommisså."

Gegen Ende des Gesprächs war der Tonfall unserer Nord-
deutschen Oberkrabbe immer unterwürfiger geworden. Sie
schloss mit einem „Ich erwaarte Sie dann in der Lobby und
führe Sie perssönlich hinauf in Zimmer 13".

Während Frau Feddersen unsere Adresse durchgab, dachte
ich: Oh, ooh, oooh …

Nur circa 20 Minuten später ging es in unserer Ruheoase zu
wie in einem Taubenschlag, wenn der Fuchs auf Besuch ist.
Ein sehr fescher Mittdreißiger in zivil, flankiert von zwei uni-
formierten Polizisten, kam forschen Schritts durch die Eingangstür, durchpflügte die Lobby und hielt auf das Grüppchen
Hotelpersonal zu, das etwas verloren neben dem Tresen stand.
Die drei Grazien bestanden aus Frau Feddersen, Frau Brax
und meiner Wenigkeit: lang und dünn, kurz und dick, mittel
und weiblich-schlank – es musste ein köstlicher Anblick sein.

Ich hatte mich nach meiner Lauschattacke nicht schnell genug aus dem Tresenbereich entfernt, als die Bürotür aufgerissen wurde und Chefin plus Vize hektisch flüsternd heraus-
platzten. Jetzt sah ich auch, wen die Brax auf dem Gang oben
zurechtgewiesen hatte, nämlich Lara, unser jüngstes Zimmermädchen, das noch in der Ausbildung war. Ihr Gesicht rot, die

Augen verquollen, saß sie wie angeleimt auf dem Besucher-stuhl im Back Office und knetete ein feuchtes Taschentuch. Meine hastig zurecht gelegte Ausrede, warum ich hinter der Tür herumhing, musste ich gar nicht vorbringen. Die beiden Oberinnen waren so mit der Situation überfordert, dass sie mich gar nicht zu bemerken schienen. Also blieb ich einfach da, hielt zur Abwechslung mal die Klappe und beobachtete.

„Wer von Ihnen ist Frau Feddersen?", fragte der attraktive Bulle in der Mitte mit fester, melodiös dunkler Stimme und einem fragenden, selbstbewussten Blick. Oh Mann, der war ziemlich genau mein Typ – falls ich sowas überhaupt habe: üppige, sanft gewellte und etwas zu lange braune Haare, natürlich schlank-muskulös, mittelgroß wie ich (ich hab sie gern auf Augenhöhe!) und sehr dunkle Augen unter klar definierten Brauen. Wow.

Nachdem sich die Hotelchefin als solche zu erkennen gegeben hatte, besann sich der Schöne seiner Manieren und stellte die angerückte Polizeigewalt mit „Ich bin Hauptkommissar Herrlein und das sind Polizeihauptmeister Maier und Polizeimeister Nemo" vor. Damit streckte er eine kraftvolle aber nicht klobige Hand nach vorne, deren Berührung ich mir sehr angenehm vorstellte.

Dass meine Hand nun ebenfalls zum Kommissar hin schnellte und ich mit meinem strahlendsten Lächeln zunächst mich selbst, dann Frau Brax vorstellte, sorgte ob der Hierarchieverletzung für kurzzeitige Irritation bei allen Anwesenden, zumal ich die putzige schwarze Zimmermädchenuniform mit weißem Lätzchen – Verzeihung Kräglein – und Spitzenschürzchen trug. Sei's drum, ich hatte die Hand des Kommissars gefühlt und war nicht enttäuscht worden.

Na gut, vielleicht ist den drei Polizisten nicht nur wegen meiner Dreistigkeit das Gesicht eingefroren. Es kann möglicherweise auch an meinem Nachnamen gelegen haben: Zöpfelchen. Jetzt ist es raus.

Wenn du als Alexandra Augustina Zöpfelchen geboren wurdest, bleiben dir nur zwei Möglichkeiten: Entweder du resignierst, ziehst dich zurück, liest viel und bereitest dich auf ein Leben als Opfer und langsam alternde Jungfrau vor. Oder du gehst zum Angriff über.

Schon im Kindergarten hatten meine boshaften kleinen Kolleginnen und Kollegen sehr bald begriffen, dass es nicht ratsam war, mich auf meinen Namen anzusprechen. Keiner legte Wert auf Spinnen in der Brotzeitbox, an den Rücken geklebte Zettel mit der Aufschrift „tritt mich", verschwundene Daunenjacken im Winter, die nach kollektiver Suche total verdreckt aufgefunden wurden, oder auf eine blutige Nase beziehungsweise einen ausgeschlagenen Zahn. Nach den ersten Rufmordattacken meinerseits, traute sich niemand mehr aufmucken. Nicht einmal Kindergärtner-Anwärterinnen der sadistischen Sorte (es gibt sie!), die es nicht mochten, wenn ihr Lippenstift mit Kot verschmiert worden war oder auf „ihrer" Kaffeetasse mit Permanentmarker „Ich habe einen fetten Arsch" stand. Fortan nannte ich mich „Sascha" und dabei ist es geblieben.

Nach einem Gänsemarsch in den ersten Stock wurde ich noch vor Öffnen der Tür zu Zimmer 13 als Unbeteiligte verabschiedet. Enttäuscht wandte ich mich um und ging mit extra langsamen Schritten in Richtung Pausenraum. Als ich in

meinem Rücken das Geräusch der sich öffnenden Tür zum
Tatort (oder nur Fundort?) vernahm, drehte ich mich um 180
Grad, trat aber weiterhin laut auf der Stelle. Wie gedacht hatten
sich alle Beteiligten dem Schauplatz des Verbrechens zugewandt
und standen nun ihrerseits vor der geöffneten Tür.

Rasch ließ ich mich auf den Bauch fallen und konnte zwischen
fünf Paar Beinen hindurch immerhin ein Fitzelchen
vom Gästebett sehen sowie eine Hand des Opfers. Sie war zu
einer Kralle verkrampft. Herr Besart Bogdani hatte diese Welt
nicht schmerzfrei verlassen, soviel stand fest.

5 Mittwoch – Der Wolf schluckt Kreide

Frau Feddersen hatte dem Kommissar für den Nachmittag
das unbelegte Zimmer 10 *Martha Haslbeck* (Veronika Fitz) –
benannt nach der Hauptrolle in der Serie „Die Hausmeisterin"
– für seine Ermittlungen zur Verfügung gestellt. Glücklicher-
weise lag es im ersten Stock. Und, Fortuna sei nochmals Dank,
hatte ich dort heute alleinigen Zimmerdienst. Milena hatte sich
krankgemeldet – die Ereignisse des vergangenen Tages waren
ihrer Gesundheit wohl abträglich gewesen.

Während Kommissar Herrlein (*kicher!* – Ich *weiß*, wer im
Glashaus sitzt ...) sich kurz mit Frau Feddersen und länger
mit Mrs. Danvers unterhielt, putzte ich mich im Turbogang
durch die Zimmer vor dem Vernehmungsraum. Als schließlich
Lara mit hängendem Kopf die Tür dort hinein öffnete, steuerte ich meinen Putzwagen vor das Nachbarzimmer, Nummer
11 *Olga Behrens* (nach der zickig-verpeilten Sekretärin (Christine
Kaufmann) der Frau von Söttingen (Ruth Maria Kubitscheck))
und ging professionellen Schrittes hinein. Vorschriftsmäßig
schloss ich hinter mir die Tür – wer sieht im Urlaub schon
gerne Leute schuften.

Hier ist wohl eine kurze Anmerkung fällig. Während es in allen anderen Hotels üblich ist, während der Putzsession die
Zimmertür offen zu lassen – aus Selbstschutz, aber vor allem,
um zu zeigen: Wir Zimmermädchen klauen und schnüffeln
nicht! – haben wir im Zenz aus Kuscheligkeitsgründen die
strikte Weisung, die Luke zu verschließen.

Ich rückte den alten Röhrenfernseher ein Stück vor, als ob
ich dahinter Staub wischen wollte. Er stand in einer Nische in
der Kommunwand zum Vernehmungszimmer. Eine kleine

Müslischüssel, die ich spontan aus dem Aufenthaltsraum entliehen hatte, sollte ihren Zweck erfüllen, indem ich sie mit der Öffnung an die Wand und mit dem Boden an mein Ohr drückte. Meinen Staubwedel behielt ich selbstredend in der Hand. Wenn schon Tarnung, dann richtig.

„Frau Brax hat ausgesagt, dass nicht sie selbst den Toten gefunden hat. Sie, Frau Pfeiffer, haben ihn schon vorher gesehen, nicht wahr?", hörte ich den Kommissar fragen. Sein Tonfall gefiel mir nicht. Er sprach irgendwie anklagend. Auch machte er jetzt eine Pause, während der ich mir die schüchterne Lara vorstellte: Hände im Schoß knetend, Blick darauf gesenkt.

„Frau Pfeiffer, Lara, erzählen Sie einfach nur, was sich zugetragen hat." Der Ton des Kommissars war jetzt weicher, fast sanft. Vorsicht Lara, der Wolf hat nur Kreide geschluckt!

„Vermutlich haben Sie heute gegen 10:30 Uhr das Zimmer 13 betreten, um dort sauber zu machen, wie jeden Tag. Haben Sie vorher angeklopft, um zu sehen, ob Herr Bogdani da ist?"

Nach einer kleinen Pause hörte ich Laras piepsige Stimme, verdammt sie war ziemlich schwer zu verstehen.

„Ich habe angeklopft, wie wir das immer machen sollen, damit der Gast sich bemerkbar machen kann, wenn er da ist". Erneut schloss sich eine Pause an.

„Und dann …", versuchte der Kommissar, die Erzählung ins Laufen zu bringen.

„Dann hab ich ein bisschen gewartet und dann vorsichtig die Klinke runtergedrückt und durch den Türspalt ins Zimmer geguckt."

„Vorsichtig, warum vorsichtig?", biss sich der böse Wolf sofort an einem verdächtigen Wort fest und klang gar nicht mehr mitfühlend.

„Sie hatten doch angeklopft. Sind sie bei allen Gästen so zaghaft, oder speziell bei diesem Gast? Hätte es Sie speziell bei Herrn Bogdani gestört, wenn er im Zimmer gewesen wäre?" Die Stimme des Kommissars war zunehmend härter und lauter geworden. Als Lara nicht antwortete, setzte Kommissar Herrlein nach.

„Frau Pfeiffer, wir haben es hier sehr wahrscheinlich mit einem Mordfall zu tun. Sie wissen, dass Sie mir wahrheitsgemäß und umfassend Auskunft geben müssen. Dass Sie nichts verschweigen dürfen. Wenn Sie es doch tun, werden wir es sicher herausbekommen und das sieht dann gar nicht gut für Sie aus."

Diese Worte ließ der Kommissar wirken. Es schloss sich eine Pause an, die mir so lang erschien, dass ich mich zusammenreißen musste, um nicht rüberzulaufen und Lara oder den Macho, oder beide zu schütteln. Wie hielt der das nur aus?! Vermutlich jahrelange Schulung in der Kunst, Mitmenschen flammenlos garen. Herr*lein* – von wegen!

Nach einer weiteren gefühlten Ewigkeit hörte ich ein leises Schluchzen. Wieder Pause. Schritte. Ein verschnupftes „Danke". Schnäuzen. Der Mistkerl hatte Lara ein Taschentuch gegeben! Der spielte guter und böser Bulle in einer Person!

Es wirkte.

„Ich … hatte Angst vor ihm … er hat mich … gezwungen …" Wieder ein Schluchzen. „Es ist … mir so … peinlich". Schnäuzen.

„Ihnen muss gar nichts peinlich sein – wohl eher Herrn Bogdani, wie es aussieht. Selbstverständlich behandeln wir Ihre Aussage vertraulich …"

Das Wörtchen „wir" bezüglich der versprochenen Vertraulichkeit macht hier den kleinen aber feinen Unterschied. Wir heißt erstmal: alle ermittelnden Polizisten. Dann: der/die zuständigen Richter. Und schließlich, möglicherweise, alle an dem Prozess Beteiligten, der sich wohl irgendwann anschließen wird. Danke Herr Aufrichtig!! Aber vermutlich muss ein Bulle so taktieren, sonst kriegt er nie was raus. Ich merkte, wie ich Hauptkommissar Herrlein für seine erfolgreiche Taktik gleichzeitig verachtete und bewunderte.

Tatsächlich ließ Lara mit deutlich erstarktem Stimmchen nun die Katze aus dem Sack.

„Er hat mich gezwungen, mich vor ihm nackt auszuziehen. Hat mir gedroht, er würde der Hausdame erzählen, ich hätte ihn bestohlen. Ich würde fristlos rausgeworfen werden und kein Hotel würde mich jemals wieder einstellen."

Dieser verdammte Sauhund!!! Jetzt tat es mir fast leid, dass ich ihm bei meinem Überwurf nicht den Hals gebrochen hatte! Naja, das hatte ja nun jemand anderer für mich erledigt …

„Das ist ja eine schreckliche Situation, in die Bogdani sie da gebracht hat …", heuchelte Polizei-Daddy Mitgefühl, um sofort den Teilsatz anzuhängen, den ich erwartet hatte: „…da müssen Sie ja eine sehr große Wut auf ihn gehabt haben …".

Ich würde zu spät kommen, das wusste ich. Selbst wenn ich wie der Teufel nach nebenan rennen und ins Zimmer platzen würde mit der Ausrede, ich hätte vergessen, dass dort heute Befragungen stattfänden, könnte ich nicht rechtzeitig da sein, um Lara-Schäfchen daran zu hindern, den Satz zu sagen, den ich jetzt glasklar aus meiner Müsli-Spy-Schüssel hörte:

„Ich hätte ihn umbringen können!"

Wieder schloss sich eine Pause an, deren atmosphärische Dichte durch die Wand diffundierte.

„Haben sie es denn getan?" fragte der Wolf mit beinahe zärtlicher Stimme.

Kurz darauf wurde die Tür im Verhörzimmer aufgerissen und jemand lief heulend den Gang entlang.

Ich schmiss die Tonschüssel in den Plastikbeutel für Zimmermüll an meinem Putzwagen und schob ihn geistesgegenwärtig ein Häuschen weiter, nachdem ich die Tür von Zimmer 10 hastig aber leise ins Schloss gezogen hatte.

Ich fand Lara schließlich in einer Ecke des derzeit gästelosen Gangs im fünften Stock auf dem Boden hocken, zusammengekauert wie das sprichwörtliche Häuflein Elend.

Der fünfte Stock ist das Nonplusultra unseres Hotels, für Leute, die mal eben für die 10 Tage Mindestbuchung 200.000 Euro aus der Portokasse bezahlen können … Er besteht nämlich aus einer einzigen Suite *Monaco Franze* mit 5 Schlafzimmern, einem riesigen Wohnzimmer mit Jacuzzi, einer komplett eingerichteten und ausgestatteten Küche, einem Marmorbad mit riesiger Badewanne inklusive Unterwasserbeleuchtung und Whirlpoolfunktion, zwei Dachterrassen, die sich jeweils entlang der Vorderfront (Westseite) und entlang der östlichen Rückfront des Hotels erstreckten und von denen aus man wahlweise zum Olympiapark mit dem Fernsehturm oder zum Englischen Garten hinüberblicken kann. Selbstredend ist ein Teil der Zimmer *dieser* Suite mit zahlreichen Original-Requisiten aus den legendären Fernsehserien mit Helmut Fischer ausgestattet. Der andere Teil der Räume sind exquisite Kopien königlicher Prunkräume der Residenz, des Münchner Stadtschlosses der bayrischen Herzöge, Kurfürsten und Könige.

Die Residenz war jahrhundertelang das politische und kulturelle Zentrum des Landes. Mit ihren 130 Schauräumen, welche stilistisch Renaissance, Barock, Rokoko und Klassizismus abdecken, ist die Residenz das größte Innenstadtschloss Deutschlands und heute eines der bedeutendsten Raumkunstmuseen Europas. Als i-Tüpfelchen befindet sich in jedem der Räume unserer Hotelsuite ein echtes Accessoire.

Meist sind in dieser Megasuite arabische Großfamilien so für circa zwei Monate zu Gast, manchmal einfach auch superreiche Spinner, die meinen, für sie geht es keine Nummer kleiner. Die arabischen Gäste pflegen übrigens weder Jacuzzis noch Badewannen zu benutzen, warum auch immer.

Ich muss sicherlich nicht erwähnen, dass Milena und ich uns schon einmal gegen 2 Uhr nachts hier eingeschlichen haben und uns im leise gewässerten Jacuzzi beim atemberaubenden Anblick von Munich by night eine Flasche Sekt haben schmecken lassen. Da grad keine Gäste im fünften Stock logierten, konnten wir am nächsten Tag in Ruhe saubermachen und gut war.

Ich hockte mich neben Lara, legte meinen Arm locker um ihre schmalen Schultern und schwieg, ließ sie sich erst einmal ausweinen. Das tat sie tonlos, wie sie sich stets bemühte, nicht aufzufallen oder gar jemanden zu stören. Schließlich hielt ich die Zeit für gekommen, die Dinge beim Namen zu nennen.

„Da hat er dich ganz schön aufs Glatteis geführt, der liebe Herr Kommissar". Auf den verwunderten Blick aus ihren verheulten Augen hin beeilte ich mich anzufügen:

„Ich hab Euch zufällig gehört, als ich vorbeigegangen bin, um neue Handtücher zu holen." Dieselbigen wurden zusammen mit Ersatzdecken und -laken auf jeder Etage in einem schwer verzierten Schrank aufbewahrt.

„Ich dachte, er wäre nett. Ich dachte, er würde mich verstehen", hauchte Lara mir entgegen und machte dabei eine so verlorene Miene, dass mir das Herz wehtat. Trotzdem suchte ich bereits nach einer Taktik, wie ich – auf möglichst einfühlsame Weise – herausbekommen konnte, ob Lara dem bösen Gast in Zimmer 13 nicht doch das Licht ausgeblasen hatte. Leider fiel mir da rein gar nichts ein. Sanfter Engel war definitiv nicht meine beste Rolle.

„Ich hab ihn nicht umgebracht", kam es plötzlich mit fester Stimme von meinem Gegenüber, bzw. Nebenan, und das ganz von selbst. Vielleicht hatte sie die unausgesprochene Frage in meinem Gesicht gelesen. Wir sahen uns lange direkt in die Augen. Dann sagte ich:

„Ich glaube Dir."

Und ich meinte es auch so.

Heut nach Schichtende würde ich einen Laden aufsuchen, in dem ich immer schon mal einkaufen wollte: den 007-Shop in der Dachauer Straße. Morgen in aller Frühe würde ich dann ein bisschen im Vernehmungszimmer putzen – praktischerweise sind unsere Zimmer ja so retro, dass sich dort jede Menge Nippes befindet. Vor allem den geschmacksverirrten Tonteller, weiß-blau glasiert, an der Wand mit der Sitzecke des Wohnküchen-Imitats aus der bereits erwähnten Erfolgsserie „Die Hausmeisterin", die der Bayrische Rundfunk zwischen 1987 und 1992 ausgestrahlt hat, hatte ich im Visier.

Veronika Fitz als Hausmeisterin eines Mietshauses und Helmut Fischer als ihr frisch geschiedener Exmann, der eine neue Frau hat, aber immer noch zu „seiner Martha" geht, wenn er das Herz ausschütten will, durchleben mit scheinbar ungewollter Selbstironie Höhen und Tiefen ihrer neuen und alten Beziehungen. Ein wahres Absurditätenkabinett!

Jedenfalls hing der Teller an einem Nagel in der Wand und bot exakt den kleinen Abstand, den der „Lauschmann 2000" benötigte, die Profi-Knopfzelle, supermini, sprachgesteuert, mit „kristallklarer Audioübertragung bis 1000 Meter". Schließlich wollte ich nicht zulassen, dass dieser Mord Lara angehängt wurde! Ungerechtigkeit konnte ich noch nie leiden und Stärkere, die Schwächere traktierten, hasste ich wie die Pest.

6 Donnerstag – Spion im Spitzenschürzchen

Am nächsten Morgen klingelte mein Wecker unverschämt früh. Nur mit Mühe gelang es mir, mich aus dem Bett zu stemmen, um noch gut vor Beginn meiner Schicht um 6 Uhr im Hotel zu sein. Ich brühte mir einen starken Earl Grey auf (den Tee, nicht den derzeitigen Grafen aus Northumberland, Alexander Edward) und verschandelte ihn mit einem Löffel braunem Zucker und einem Schuss Milch. Ich benötigte wenigstens *ein paar* Kohlenhydrate und etwas Eiweiß als Quelle für die geplante kriminelle Energie. Mit Bedauern sah ich mich kurz in meiner kuscheligen Zwei-Zimmer-Wohnung um, die ich heute vorzeitig verlassen musste:

Mein zwei Meter breites Lotterbett mit der derzeit – Klischeealarm! – knalltürkisen Satinbettwäsche fiel mir durch die offene Tür ins Auge. Im Verbund mit dem hellbraunen Parkett, den in warmem Cappuccino Ton gehaltenen Wänden und dem wollweißen Extrem-Hochflor-Teppich, den wenigen dazu passenden Kuschelkissen sowie den Kuschel*tieren* (vier Ratten und eine Katze) erfreute der Anblick wie stets mein Herz. Ein rascher Blick in den großen quer verlaufenden Spiegel an der linken Seite des Bettes zeigte mir eine tadellos hoteltauglich frisierte Chambermaid (Pferdeschwanz).

Im Wohnzimmer blieb mein Auge an dem herrlich schrägen – weil mit (horizontal!) gewellten Brettern versehenen – Regal hängen, das ich bei form.bar selbst online designt hatte. Sein silbergrau schimmerndes Echtholz-Furnier hebt sich wunderbar von der basaltgrau bemalten Wand dahinter ab. Die an einer anderen – wieder in Cappuccino gehaltenen – Wand stehende niedrige lichtgraue Kommode, neben der ein mini PC-

Tisch selben Stils steht, zeichnet sich durch minimalistische Eleganz und grifflose push-to-open Funktion aus. Die wenigen darauf platzierten Skulpturen bzw. Deko-Objekte, präsentieren sich in schnörkellosen aber üppigen Formen und knalligen Farben.

Besonders stolz bin ich auf meine Toms-Drag Giraffe neben der Tür: 1,80m hoch und schlank, für die ich einen halben Monatslohn hingeblättert habe. Mein futuristisch gerundetes bequemes Plüsch-Sofa von Nici in Leopardenoptik mit den bunten kleinen Schmusekissen ist das Tüpfelchen auf dem i und *der* Hingucker.

Last but not least hängt über allem eine silberne Lampe mit 22 LEDs am Ende von 22 langen Tentakeln, die wahlweise an modischen Jugendstil oder den stilisierten Kopf der Gorgone Medusa aus der griechischen Mythologie erinnert. Sie ahnen schon, dass ich auf modernes Design stehe und wofür ich – One Income No Kid (OINK?!!) – mein Geld ausgebe …

Im Hotel angekommen, marschierte ich direkt in den ersten Stock, schnappte mir meinen Putzwagen und betrat das Verhörzimmer. Sorgfältig schloss ich die Tür hinter mir, in der Hand einen Alibi-Staubwedel, in der Schürzentasche den Funk Micro Abhörsender, fingernagelgroß, inklusive Mini Akku und Mini Voice Recorder.

Das kleine technische Wunderwerk für die „akustische Raumüberwachung" verfügt über eine automatische Stimmerkennung, die es jedes Mal einschaltet, sobald jemand spricht. Außerdem kann es das Gehörte durch Wände und Decke übertragen, so dass Mama Sascha mittels der ebenfalls erstandenen kleinen Kopfhörer beim Arbeiten alles mitbekommt.

Selbstverfreilich zeichnet mein süßer kleiner Spionsky nebenbei das Gesagte auf. War nicht billig, das Teil, aber wenn schon, denn schon.

Sicherheitshalber hatte ich mich im Internet unter dejure.org ein bisschen über den Straftatbestand der „Verletzung der Vertraulichkeit des Wortes" eingelesen. Also gut, es war eher aus Spaß an der Freud. Gemäß dem Motto, das ein schlauer Kopf mal formuliert hatte: Regeln sind dazu da, dass man nachdenkt, bevor man sie bricht. In *diesem* Fall würde ich die Regel in Form von Paragraph 201 des Strafgesetzbuches der Bundesrepublik Deutschland brechen. Höchststrafe 3 Jahre Knast. Klingt cool, oder?

Na, so mutig war es jetzt aber auch nicht. Was sollte mir schon passieren? Schließlich war ich nicht vorbestraft. Und wenn man mich erwischte, würde ich ein oscarreifes One-Woman-Schauspiel hinlegen, wie sehr mir Lara leidtat und wie unbedingt ich sie von jedem Verdacht reinwaschen wollte. Das wäre sogar die Wahrheit, wenn auch mit 90 Prozent künstlicher Dramatik vorgetragen.

Nachzusehen, ob es sich bei *polizeilichen* Wörtern um *besonders* schützenswerte handelte, die abzuhören folglich noch schwerer bestraft würde, hatte ich dann aber keinen Bock mehr gehabt.

Diesmal konnte ich mir die anderen Zimmer der ersten Etage ganz relaxt putztechnisch vornehmen. Der Empfang über meine Kopfhörer war von überall her einwandfrei. Ich ließ mir extra viel Zeit.

Kommissar Herrlein hatte sich für die Befragungen einen Kollegen von der Kripo dazugeholt. Der sorgte für korrekte Bandaufnahmen und – viel wichtiger – diente als

Gesprächspartner zwischen den Sitzungen. Dadurch bekam ich mit, was die Polizei dachte!

Als Erste war Frau Brax an der Reihe, deren Infos ich fast schon alle kannte. Danach musste unser Koch Georg im Verhörzimmer antanzen. Klar, schließlich hatte er das Essen zubereitet, von dem ich inzwischen erlauscht hatte, dass es vergiftet worden war. Mit Rattengift!

Entrüstet wies Georg jeden Verdacht von sich. Er habe Bogdani gar nicht gekannt, sei ja überhaupt nie in den Gästezimmern, immer nur in der Küche und die liege im Erdgeschoß. Dann beschrieb Georg den Ablauf des Abends.

Das mit dem Zeitpunkt, an dem die Tat verübt, also das Essen vergiftet wurde, lässt sich eingrenzen auf zwischen 20:15 Uhr, als Georg, der an dem Tag Nachtschicht hatte, den gewünschten „Münchner Schmankerlteller", eine Art kalte Platte mit regionalen protein- und fettlastigen Köstlichkeiten, fertiggestellt hatte und 20:45 Uhr, als Linda, eine der Küchenangestellten, die Speisen auf Zimmer 13 abgeliefert hatte.

Georg und Linda wussten die Uhrzeit so erfreulich genau, weil bis kurz vor acht in der Küche das „Operndinner Frau von Söttingen" vorbereitet worden war, welches Punkt acht auf dem ersten Tisch im Speisesaal den verfressenen Gästen serviert werden musste. Gäste waren in dem Fall nicht nur die aus dem Hotel, sondern auch ein paar erlesenen Besucher aus der Stadt, die sich regelmäßig zu den Themen-Menus im Hause einfinden dürfen.

Folglich hatte in der Küche im Vorfeld hochkonzentrierte Hektik geherrscht und Georg hatte, so wie alle anderen, gegen Ende zu im Minutentakt auf die Wanduhr geschielt. Nachdem gegen 20:15 Uhr der erste Gang des Menüs von Kochseite her auf allen bestellten Tellern lag, hatte sich Georg zusammen mit Denis, dem zweiten Koch, erschöpft zu einer verbotenen Zigarettenpause, die vielleicht 10 bis 15 Minuten gedauert haben mochte, in den Toilettenraum hinter der Küche zurückgezogen. Direkt vor dieser Pause hatte Georg noch schnell den Schmankerlteller für Bogdani gerichtet, den dieser aufs Zimmer geordert hatte.

Georg hatte den Teller mit einem großen Schildstecker mit der Aufschrift „Zimmer 13" versehen, denn Linda wusste nicht, was Bogdani bestellt hatte. Dann hatte unser Koch den Teller auf die Ablage an der Wand gegenüber der Drehtür gestellt, weg von den Menüs.

In der Zeit zwischen Herstellung und Übernahme des Schmankerltellers durch Linda hatte es in der Küche ein hochfrequentes Rein und Raus gegeben, bis der erste Gang des Menus komplett im Speisesaal serviert worden war. Da hatten alle nur Augen für die nächsten gefüllten Teller gehabt. Ein Fremder, der sich wie die anderen verhielt, wäre sicherlich niemandem aufgefallen. Schicht hatten am Freitagabend neben Georg, Denis und Linda noch Franzi und Kathi gehabt, unsere beiden bayrischen Servierkräfte im gut gefüllten Dirndl. Nach der unergiebigen Befragung meiner Kollegin Milena, die den Herren Kommissaren Bogdanis Übergriff verschwieg, sowie des Gastropersonals, nahm sich der schöne Toni gerade nochmal unseren Mini-Hausdrachen vor.

„Ich hätt da noch eine Frage, Frau Brax."

Macht der jetzt einen auf Columbo?

„Wie genau war das, als Sie Lara Pfeiffer aus der Zimmertür des Opfers kommen sahen. Bitte schildern sie alle Details, die

Ihnen aufgefallen sind. Wie würden Sie Frau Pfeiffers Miene beschreiben?"

„Also, direkt *gesehen* hab ich ja nicht, dass Lara aus dem Zimmer herausgekommen ist. Ich hab es einfach aus ihrem Verhalten geschlossen."

Pause

„Und *woraus* haben Sie das geschlossen – bitte schildern Sie weiter", ermunterte der Kommissar unsere Hausmamsell freundlich.

„Naja … ich sagte ja schon, dass Lara wie festgewachsen vor der Tür stand und ziemlich verstört auf mich gewirkt hat, deswegen hab ich sie ja überhaupt erst angesprochen …"

Jetzt machte Kommissar Schafspelz wieder eine seiner taktischen Pausen, während derer sich in meiner Vorstellung die Luft im Verhörzimmer massiv verdichtete und einen gewaltigen Druck auf die Befragten in Form einer Bringschuld ausübte. Entsprechend hörte sich die weitere Schilderung der Hausdame etwas atemlos an. Gezähmter Hausdrache, sozusagen. Ich kicherte in mich hinein, während ich in Zimmer 14 *Leo Laxeneder* (Fischers Rolle in der Fernsehserie „Ein Schloss am Wörthersee") die Badarmaturen wienerte.

„Also, Lara stand vor der geschlossenen Zimmertür von Nummer 13, als ich gerade vom Treppenhaus hochkam und in den Gang einbog. Sie hat die Türklinke in der Hand gehalten, ihr Gesicht war in Richtung zur Tür hin ausgerichtet. Sie starrte mit weit aufgerissenen Augen darauf. Mich hat sie überhaupt nicht bemerkt, obwohl ich nicht extra leise gegangen bin und meine Mädchen sonst immer recht schnell spannen, wann ich im Anmarsch bin, wenn Sie wissen, was ich meine …"

Ob der Herr Kommissar das wusste und nickte, erschloss sich mir nicht. Jedenfalls hatte die Brax den letzten Satz mit wiedererwachter Selbstsicherheit, deutlichem Stolz und einem Anflug von Humor in der Stimme hervorgebracht. Vermutlich hoffte sie, den Kommissar etwas aufheitern zu können. Die anschließende erneute Gesprächspause, der wieder leisere Tonfall und die gänzlich spaßbefreite weitere Schilderung der Hausdame sprachen jedoch gegen einen den Erfolg ihrer Bemühungen.

„Äh, dann hat Lara die Türklinke gaanz langsam losgelassen. Wir haben hier noch Türklinken, weil das Hotel ein nostalgisches Flair …"

„Ich *weiß* …", warf der Kommissar knapp und leicht scharf ein. Hut ab vor seiner Selbstbeherrschung. Ich hätte die Brax jetzt wohl ein bisschen am Halse gequetscht.

„L…lara hat sich dann langsam rückwärts bewegt, so als wolle sie sich wegschleichen. Da hat sie dann am ganzen Körper leicht zu zittern angefangen. Ich bin dann auf sie zugegangen – ich war vorher stehengeblieben – und hab sie angesprochen. „Frau Pfeiffer, was ist denn los mit Ihnen. Sie sehen ja aus, als hätten Sie einen Geist gesehen." Sie ist dann so heftig zusammengezuckt, als hätte ich sie geschlagen. Ich glaube, wenn ich sie nicht angesprochen hätte, wäre sie einfach klammheimlich aus dem Gang verschwunden."

Nach einer weiteren kurzen Pause berichtete unsere Hausdame hastig weiter.

„Frau Pfeiffer hat dann zu mir gesagt: ,Er ist tot.' Ich habe sie erst gar nicht verstanden, weil sie es nur gehaucht hat. Auf meine Nachfrage hat sie den Satz dann mit etwas mehr Stimme wiederholt: ,Er ist tot' und ihre bebende Hand in

Richtung Zimmertür ausgestreckt. Ich hab sie dann beiseite geschoben und die Tür geöffnet. Da hab ich ihn dann gleich liegen sehen. In seinem Bett. Den Herrn Bogdani, meine ich." Pause.

„Mman haat gleich gesehen, dass der toot war – die offenen Augen starr nach oben gerichtet, die Hände total verkrampft und der Gesichtsausdruck … Ich bin dann auf dem Absatz umgedreht, hab die Tür zugeworfen, bin an Lara vorbeigerannt – sie war draußen stehengeblieben – und bin schnurstracks zu unserer Chefin ins Büro im Erdgeschoß.

Die Lara hat jetzt vor sich hin gewimmert und ist mir hinterhergelaufen. Dann hab ich mit Frau Feddersen geredet, sie hat die Polizei verständigt, das war alles. Den Rest kennen Sie."

Während sich der Kommissar, jetzt wieder in professionelle Höflichkeit gehüllt, bedankte und Frau Brax verabschiedete, konnte ich es mir nicht verkneifen, aus dem ohnehin fertig geputzten Nebenzimmer hinaus in den Gang zu treten. Ich wollte einfach den sicher etwas derangierten Gesichtsausdruck der Brax genießen. Als ich sie verlogenerweise extra freundlich grüßte, musste sie mir ins Gesicht sehen.

Ja! Gschpiems Äpfikoch (erbrochenes Apfelmus), wie meine Oma solch ein Antlitz zu nennen pflegte. Innerlich stieß ich die Siegerfaust gen Himmel.

Mit Schmackes pfefferte ich den gerade ausgewrungenen Putzlumpen auf meinen Wagen und lauschte gespannt dem Gedankenaustausch der Bullerei, als dicht hinter mir plötzlich eine Stimme ertönte.

„Was du hörst für tolle Musik?"

Ich fuhr herum.

„Du schaust ja mega happy aus Wäsche", ergänzte Milena ihre Bemerkung, die mich kurzzeitig aus dem Konzept brachte.

„Aaach, das ist der Trauergesang der japanischen Buckelwale – geht so richtig ans Herz. Willst du mal …?", fragte ich meine Kollegin, wobei ich einen der Ohrstöpsel herausnahm und ihr hinhielt.

„Nein, danke, da, ich glaube, steh nicht drauf …", gab sie mir mit abwehrend vorgestreckten Händen zur Antwort. „Spinnst du manchmal ganz schön!", ergänzte Milena im Weggehen mit breitem Grinsen, das ich in spontaner Zustimmung erwiderte.

Uff, das war knapp.

Jetzt hatte ich ausgerechnet etwas von den Kommentaren zu dieser, wie mir im Nachhinein aufging, ganz schön belastenden Aussage verpasst, Mist! Bevor er seinen Kollegen zum Abholen des nächsten Zeugen schickte, hörte ich Kommissar Maigret nur noch sagen: „Es spricht ziemlich viel gegen sie. Frau Pfeiffer bleibt im Moment unsere Verdächtige Nummer eins."

Das traf mich in den Magen wie ein Schluck eiskaltes Wasser. Dabei hätten aus meiner Sicht auch andere Befragte ein Motiv. Milena zum Beispiel. Die war schließlich von Bogdani auch belästigt worden, sogar angegrapscht und das nicht nur einmal, wie sie mir anvertraut hatte. Allerdings wusste das der schöne Kommissar ja nicht …

7 Donnerstag – Das Mädchen und der Bulle

Mittags machten die beiden Herren Kommissare eine Pause.
Sie fragten mich, wo man hier gut essen gehen konnte – *zufällig*
hatten sie mich auf dem Gang des ersten Stocks mit meinem
Putzwagen angetroffen.

Geschickt lenkte ich, nach Preisgabe einer guten Pizzeria sowie eines empfehlenswerten Vietnamesen, ihr Interesse auf die
heimische Kost.

„Wenn Sie natürlich so richtig gut Münchnerisch-Bayrisch
schmausen wollen, verrate ich Ihnen meinen Geheimtipp.
Große Portionen, günstige Preise, superlecker. Kennen selbst
die meisten Münchner nicht, weil das Lokal von außen total
unscheinbar aussieht." Das ließ ich kurz sacken, dann ergänzte
ich:

„Ist zwar nicht um die Ecke, aber in zehn Minuten fußläufig
erreichbar. Es lohnt sich!"

Bingo. Die beiden ließen sich den Weg erklären und ich
hatte mir ein mindestens 45 Minuten großes Zeitfenster ver-
schafft. So konnte ich in aller Ruhe die Batterie meines putzi-
gen Lauschmanns austauschen (die Dinger halten nicht halb so
lange, wie in der Werbung behauptet, aber irgendwo hakts ja
immer.) Außerdem wollte ich mal schauen, ob ich ein paar
Hintergrundinformationen ausspionieren könnte. Stolz kam
ich mir ein bisschen vor wie Mata Hari – die ja vermutlich in
Wirklichkeit gar keine Agentin war.

Freilich hatten Kommissar Herrlein und sein Kollegenbüb-
chen Berger (noch seehr jung, vielleicht ein streberhafter
Überflieger – jaa, ich weiß, schon wieder winkt das Glashaus,
aber Streberin war ich nie …) die Zimmertür abgeschlossen.

Anscheinend war ihnen nicht klar, dass wir Chambermaids Ersatzschlüssel hatten?! Rasch schloss ich auf und schlüpfte ins Verhörzimmer. Meinen Putzwagen hatte ich harmlos vor dem nächsten Zimmer abgestellt.

Der große Raum, kombiniert aus Wohnküche und Schlafzimmer nach der alten TV-Serie bot mehrere Sitzmöglichkeiten. Zum Beispiel die Eckbank unter meinem blau-weißen Judasteller, rechts von der Eingangstür. Diese erklomm ich jetzt und tauschte die Batterie aus. Anschließend sah ich mich in der vorübergehenden Polizeidependance des Zenz um.

Ebenfalls auf der rechten Zimmerseite, tiefer im Raum, befand sich das Doppelbett. Alle unsere Zimmer verfügten über Kingsizebetten, auch die Einzelzimmer … Der Schlafstatt gegenüber, vor der linken Wand, stand ein Tisch mit zwei ältlichen Fernsehsesseln, die man auf ein entsprechendes Röhrengerät auf einem Tischchen weiter hinten ausrichten konnte. Auch vom Bett aus hatte man einen unverstellten Blick auf die antike Glotze.

Auf dem Sessel mit dem Rücken zum Fenster hatte sich augenscheinlich Kommissar Beau eingerichtet. Ein kleiner Notizblock inklusive Kugelschreiber lag darauf, das wenige Gekritzel konnte ich leider nicht entziffern. Lesbar waren hier nur die Namen der bereits Verhörten und die kannte ich auch so.

Auf dem Sessel gegenüber mussten also wir Verdächtigen zum Zwecke der Ausquetschung Platz nehmen. Täuschte ich mich, oder machte der Stuhl einen leicht schmierigen Eindruck – vielleicht vom Angstschweiß meiner KollegInnen? Der Kripolehrling saß bei den Verhören an der Eckbank – was aufgrund eines „Wasserglas neben Laptop-" Stilllebens leicht zu erraten war. Taktisch klug gewählte Position, denn von hier konnte er den jeweiligen Vernehmling von schräg hinten sehen.

Das erinnerte mich an meine Lateinstunden der 6. Klasse. Wir hatten damals Lehrer Hartmann, einen von der „Alten Schule". Heißt, er regierte die Klasse mit Zuckerbrot und Peitsche – hauptsächlich mit Peitsche. Diese bekam leider des Öfteren meine Freundin zu spüren, die in der Schulbank direkt vor mir saß.

Das ewig gleiche böse Spiel ging so. Der Herr Lehrer begann, nachdem sich die Klasse und er mit „salve – salvete" begrüßt hatten, die Stunde mit dem Ausfragen eines Schülers über den jüngsten Stoff. Hierzu sprach der Magister laut und langsam die gefürchtete Formel „Heute fragen wir diiiee …", wobei er das *die* quälend in die Länge zog und langsam mit den Augen die Reihen seiner paralysierten Schüler entlangfuhr.

„Berger!", knallte dann unvermittelt der Namen meiner Freundin durch die Klasse und zeitgleich riss der Lehrer seinen Blick von der linken Seite, auf der dieser eben noch verharrt hatte, los und schoss ihn nach rechts, dem bedauernswerten Mädchen mitten ins Gesicht.

Meine Freundin war nicht die beste in Latein. Allerdings büffelte sie, was das Zeug hielt, schon um den Lehrer zufriedenzustellen. Nach einer solchen Stressattacke jedoch war stets alles Gelernte aus ihrem Kopf verschwunden. Von hinten sah ich nur ihre bebende Silhouette, die im Gegenlicht leicht zitternden Haare. Selbst meine geflüsterten Antworten konnten ihr dann nicht mehr helfen. Obwohl ich in Latein gut war und solchen Quälereien nicht ausgesetzt wurde, hätte ich unserem Lehrer jedes Mal liebend gern mein Handy in die selbstgefällige Visage geschmissen.

Tatsächlich habe ich ihm eines Tages ein Päckchen mit einem Zettel geschickt, auf dem stand „Heute fragen wir deeen ... *Hartmann!*". Mit in dem Paket war das, was ein großer Nachbarshund während seiner Morgenrunde freudig produziert hatte. Natürlich hatte ich, ganz Profi, alles nur mit Handschuhen berührt und meiner Freundin ein felsenfestes Alibi besorgt. Die eingeschaltete Polizei fand nie etwas heraus und seither verzichtete Lehrer Hartmann auf sein sadistisches Spiel.

Was ich eigentlich sagen wollte war, dass der zweite Kripobeamte von seiner Position aus die kleinsten Schwankungen und Unsicherheiten der verhörten Person klar erkennen konnte. Obwohl das natürlich sein Job war, nahm mich das nicht eben für ihn ein.

Laptop also, hmm. Mal sehen, ob der sein Gerät per Passwort geschützt hatte. Ja, leider. Aber, was Polizisten betraf, wusste man ja, dass die meist keine Computerfreaks waren und deshalb sträflich unsichere Passwörter verwendeten.

Probieren wir es mal mit der Polizeidienststelle, die ich natürlich längst recherchiert hatte. Die Münchner Mordkommission ist eine Einheit der Polizei, die fünf Teams umfasst, K11 genannt. Zu Jeder Zeit hat ein anderes Team Bereitschaft und das wird im Falle des Falles gerufen. Ich gab K11 ins Codefeld ein und schloss nahtlos den Nachnamen des Kommissars an Dann platzierte ich vor „Berger" den Cursor, um dort versuchsweise der Reihe nach diejenigen Vornamen einzufügen, die laut Google in den späten 1990ern die beliebtesten männlichen Vornamen Münchens waren:

Maximilian/Maxi/Max, Lukas, Florian, Philipp/Phillipp/Phillip/Philip, Sebastian/Seba/Sebi, Alexander/Alex, Sascha (...), Tobias/Tobi, Daniel, Felix oder Dominik/Domi/Dodi. Wenn das alles nicht gepasst hätte, hätte ich an den jeweiligen Vornamen noch abwechselnd die Zahlen 1 bis 10 angehängt – schließlich könnte es mehr als einen Alex Berger geben, wenn auch unwahrscheinlich, da die Münchener Mordkommission aus insgesamt ca. 30 Personen besteht. Wäre auch dies nicht zielführend gewesen, hätte ich Namen und Dienststelle Platz getauscht.

Dass Jungblut Berger aus München stammte, verriet sein Dialekt. Ich hatte Glück, dass der PC nicht dem herrlichen Herrn Herrlein („Marvellous Mister Misterling", hihi!) gehörte. Dieser Name kam tatsächlich in Argentinien am häufigsten vor, am zweit häufigsten überall in Deutschland. Die Aussprache des Kriminalhauptkommissars verriet auf den ersten Horch nichts von seiner Herkunft. Gott sei Dank sprach er nicht hamburgerisch, obwohl ich das sehr mochte. Dort gab es nämlich Herrleins aus dem alten Adel – und zu dem stand ich eher quer.

Erwartungsgemäß wurde ich bereits nach dem 34sten Versuch fündig: K11DanielBerger. Geht doch! Jetzt musste ich mich beeilen. Daniel hatte mir unabsichtlich dabei geholfen, indem er die Dateien zum aktuellen Fall mitten auf dem Desktop abgelegt hatte. Danke Daniel, du bist ein Schatz!

Nachdem die Herren Bullen von der Mittagspause zurückgekehrt waren – sie hatten eine Stunde 20 Minuten für diese gebraucht, ich hätte mich also nicht so zu hetzen brauchen – war ich an der Reihe als Zeugin. Ich hatte mich schon gefragt, wann es so weit sein würde.

„Bitte setzen Sie sich", forderte mich Kommissar Herrlein geschäftsmäßig auf und wies auf den Verhörsessel. Jetzt, als ich ihm so nah gegenübersaß, konnte ich ihn mir zum ersten Mal richtig anschauen. Seehr attraktiv der Kerl! Ca. 35, mittelgroß, volle dunkle gewellte Haare, wie gesagt, etwas zu lang für eine „Respektsperson", also gerade richtig. Eine dicke widerspenstige Ponysträhne fiel ihm fast bis in die schokobraunen feuchten Hundeaugen. Sanft brauner Teint, muskulöse, aber schlanke Figur. Sportlich-kraftvolle Bewegungen – fast wie ein Tiger beim Anschleichen. Ich konnte mir lebhaft vorstellen, wie dieser Prachtmann mir …

„Frau Zöpfelchen!", riss mich Mr. Universum aus meinen appetitanregenden Gedanken, etwas lauter, als hätte sein müssen. Vielleicht hatte ich ihn zu unverblümt angestarrt. Als ich ihm direkt in die Augen sah, blickte er rasch nach unten auf die Tischplatte und schob irgendeinen Zettel hin und her. Er war verlegen! Nervös! Gott, wie süß.

„Sie sind ledig, ähemm, wohnhaft in der Volkartstraße 2b, 80634 München?"

„Jawoll", antwortete ich zackig, was mir einen strafenden Blick eintrug.

„Sie hatten zum Tatzeitpunkt keine Schicht, wo waren Sie am vergangenen Freitagabend zwischen 20 und 20:45 Uhr?"

„Da hatte ich viel Spaß mit Mo, von 16 bis 22 Uhr."

Herrlein machte ein finsteres Gesicht, fing sich aber sofort wieder und setzte gerade zum Sprechen an, als ich anfügte:

„Natürlich haben wir auch rumgespielt. Wir haben da ein paar nette Spiele, zum Beispiel …"

„Name, Beruf, Straße, Hausnummer – lassen Sie sich doch nicht alle *wesentlichen Fakten* aus der Nase ziehen, Frau Zöpfelchen", maßregelte mich der Kommissar brummig.

Hihi, der war ja eifersüchtig!

„Mo wohnt in der Hofgartenstraße 8, hat wunderschöne schwarzbraune Augen, eine wunderbar warme Zunge und einen 45 Zentimeter langen Schwanz."

Das ließ ich kurz sacken und weidete mich an den spontan leicht aus den Höhlen hervorquellenden Augen des Herrn Kommissars.

„Mo heißt mit vollem Namen Mordekai, residiert im Max-Planck-Institut und hat dort zeitlebens als Tuberkulosemarker gearbeitet. Mo ist eine Riesenhamsterratte und 90 cm groß.

Diese freundlichen, leicht zu zähmenden und extrem lernfähigen Tiere werden im MPI versuchsweise gezüchtet, um nach einer 10monatigen Trainingsphase rund 8 Jahre im Dienst der Menschheit zu arbeiten. Mit ihrem fantastischen Geruchssinn erschnüffeln sie aus unzähligen Sputumproben diejenigen mit Tuberkelbakterien. Dabei brauchen die schlauen Nager für 100 Proben nur 20 Minuten und sind damit inklusive anschließender Kontrolle unter dem Mikroskop viermal so schnell wie ein Laborant.

Mit jährlich 10 Millionen Erkrankten und einer Sterberate von 1,5 Millionen ist Tuberkulose nach wie vor eine der tödlichsten Krankheiten der Welt. 2019 haben Riesenhamsterratten in Tansania 40 Prozent mehr TB-Fälle entdeckt als die zuständigen Kliniken.

Übrigens werden Riesenhamsterratten seit 20 Jahren in Kambodscha eingesetzt, um im Boden vergrabene Minen zu finden. Allein im Norden Kambodschas soll es noch zwei bis drei Millionen Sprengkörper aus der Zeit des Bürgerkrieges geben. Nicht selten um und in den Dörfern der Menschen. Zigtausende Kambodschaner sind in den letzten 40 Jahren durch die Sprengkörper getötet und rund zehntausend Menschen verstümmelt worden. Durch den Einsatz der Ratten müssen jetzt sehr viele Dörfer nicht mehr in dauernder Angst um sich und ihre Kinder leben. Da die Ratten das TNT riechen, sind sie viel genauer als reine Metalldetektoren.

Aber zurück zu unseren TB-Ratten: Wofür tun sie das alles? Für ein bisschen Bananenbrei nach jeder erkannten Infektion und einer lebenslangen Rente in Form von Kost, Logis und Zuwendung im MPI. Hier komme ich ins Spiel: Seit einem halben Jahr kümmere ich mich jeden Dienstag ab 16 Uhr um Mordekai, Helferratte a.D.

Aus verschiedenen Modulen baue ich ihm Labyrinthe oder lange Röhrensysteme, in denen er mit Vergnügen unterwegs ist. Natürlich liegt drinnen immer irgendwo ein Leckerli für ihn bereit. Oder wir gehen in den Garten des Instituts, um dort nach Herzenslust im Sandkasten zu wühlen – beide! In seinem Zimmer gibt es Einzelteile, die man zu einem Katzenkratzbaum zusammenschrauben kann. Den konstruiere ich dann im Mittelgang bis in schwindelerregende Höhen, natürlich sicher abgestützt.

Nach der Bespaßung von Tier und Mensch schnappt sich Mo irgendwann sein Geschirr und die Leine und legt sie mir vor die Füße. Das ist das Zeichen zum Aufbruch in den Englischen Garten, wo wir noch gute zwei Stunden spazierengehen. Eine ausführliche Kuschelrunde, zurück in seinem Zimmer, schließt den Besuchstag ab. Ich weiß wirklich nicht, wer diese Treffen mehr genießt, Mordekai oder ich. Er ist das liebenswerteste Geschöpf, das ich kenne. Und bevor Sie fragen: Beim Spaziergang und bei den Spielen war am Dienstag die ganze Zeit ein Biochemiestudent dabei, der gerade im MPI ein Praktikum macht."

Ich glaube, Herrlein hat meinen Vortrag deswegen nicht unterbrochen, weil er ob Mos Identität so erleichtert war. Na gut, ich *will* es glauben – ist doch o.k.!

„Gut, ääh Frau Zöpfelchen, wir werden das nachprüfen", erwiderte Herrlein, sobald er seine Sprache wiedergefunden hatte.

„Hatten Sie persönlichen Kontakt mit Herrn Bogdani?"

„Eigentlich nur einmal. Und da hatte er einen ganz dummen Unfall. Ich hatte den Gast noch davor gewarnt, dass der Badboden frisch gewischt sei. Dann verließ ich sein Zimmer und war mit meinem Putzwagen schon auf dem Weg zum nächsten Raum, da hörte ich ein komisches Krachen. Irgendwie hatte ich kein gutes Gefühl dabei, also ging ich zurück zu Zimmer 13 und klopfte an.

Als sich niemand meldete, trat ich ein und fand Herrn Bogdani, der inzwischen laut stöhnte, kopfüber in der – Gott sei Dank leeren – Badewanne hängen. Da ich dem Ärmsten, weil er doch recht schwergewichtig war, leider nicht selbst aufhelfen konnte, lief ich in die Küche hinunter und holte unseren Denis, der Herrn Bogdani schließlich aufhalf und ihn in einen der Sessel setzte.

Unser Angebot, einen Krankenwagen kommenzulassen, wollte der Gast nicht wahrnehmen. Er betonte, dass das alles seine eigene dumme Ungeschicklichkeit gewesen sei. Bei dieser Gelegenheit habe ich Herrn Bogdani das letzte Mal gesehen."

Ich schwieg betroffen.

„Gut, Frau ah Zöpfelchen, sie können dann geh …"

„Sascha, Sie können mich Sascha nennen!", warf ich dem schönen Kommissar mit einladendem Lächeln spontan entgegen.

„Sascha und „Sie", wenn Sie wollen – meinen Nachnamen höre ich nicht *ganz* so gerne …", fügte ich an, als sich Entrüstung – kurz nach einem freudigen Aufblitzen der Augen! – in seinem Gesicht breit zu machen drohte. Diese Erklärung konnte Herr Kommissar Herrlein dann doch nachvollziehen.

8 Donnerstag – Im Krieg und in der Liebe …

Franzi, die nach mir vom Kommissar befragt wurde, war 44 und seit 20 Jahren bei uns im Hause tätig. In ihrer stoisch ruhigen Art, gepaart mit mildem bayrischen Grant (wie er sich für eine Münchner Bedienung gehört) konnte sie die Polizei rasch davon überzeugen, dass sie nur deshalb rechtzeitig mit dem Servieren all der Menüs fertig wurde, weil sie Selbiges stets in Lichtgeschwindigkeit erledigte. Und in einem synchronen Servierrhythmus mit der jüngeren Kollegin Kathi, der sich im Laufe von Jahren eingespielt hatte.

Keine von ihnen habe auch nur eine Sekunde lang Zeit gehabt, das Essen für Bogdani, das, wie sie später erfuhr, auf der Ablagefläche an der Wand gegenüber der Drehtür gestanden habe, anzusehen, geschweige denn zu vergiften. Freilich, während der Zeit, in der Kathi und sie im Speisesaal serviert hätten, hätte eine andere Person schon die Möglichkeit gehabt, in die Küche zu gehen und das Essen mit Rattengift zu garnieren. Sie seien schließlich schon jeweils so drei bis fünf Minuten mit den Gästen im Restaurant beschäftigt gewesen.

Das hätte natürlich genauestes Timing durch den Mörder vorausgesetzt. Und das Wissen, dass man die Küche auch über eine kleine Seitentür gegenüber der Schwingtür betreten konnte, die auf die schmale Gasse zwischen dem Zenz und seinem linken Nachbarhaus führte. Eine Tür mit Verglasung in der oberen Hälfte.

Im darauffolgenden Interview bestätigte Kathi Franzis Schilderung, weshalb sie beide ein Alibi hatten.

Beim Verlassen des Hotels am Abend nach Schichtende war Milena immer noch am Schimpfen über Lukas.

„Manchmal ist so ein sturer Bock! Dass der Typ aus Zimmer 13 mich mal angegrabscht hat, ich hätte ihm nie sagen können. Weiß es keiner außer Dir, Sascha. Und du hältst dicht, da bin sicher", meinte sie mit einem dennoch fragenden Blick. Ich nickte.

„Der Lukas im Stande und haut Bogdani noch in Sarg eine rein!"

Ja, dann hoffen wir mal, dass Lukas das Ganze nicht schon längst mitgekriegt hat, dachte ich. Sonst hätte der ein überzeugendes Motiv gehabt. Schließlich arbeitete er bei einer Kfz-Werkstatt um die Ecke, von dort ins Hotel hätte er höchstens zehn Minuten gebraucht. Und die räumlichen Gegebenheiten samt Seiteneingang zur Küche, kannte er auch.

Allerdings war Milenas Freund ein aufbrausender Kerl. Er hätte Bogdani vielleicht verprügelt oder erschlagen, aber kaum vergiftet. Das passte nicht zu ihm. Freilich hat man schon Pferde kotzen sehen und das Rattengift im Keller hätte jeder nehmen können, der darüber Bescheid wusste.

Das Klischee, dass Gift ein typisch weibliches Mordwerkzeug ist, kann natürlich von einem männlichen Täter benutzt worden sein, um auf die falsche Fährte zu lenken. Oder von einer Frau, die glauben machen will, dass ein männlicher Täter auf eine Frau hinweisen will. Oder, … Da macht man sich ja einen Knoten ins Hirn, das führt jetzt zu nichts.

Ich hatte meinen eigenen Gedanken nachgehangen und so hörte ich nur den Rest von Milenas Satz.

„… ist dein Bruder viel umgänglicherer Typ. Lara schwärmt mir ja ständig vor."

„Was hat mein Bruder mit Lara ...", begann ich verstört, begriff dann aber sofort.

„Waaas, Lara, *unsere* Lara ist die Freundin meines Bruders?!"

„Na klar, wusstest du nicht? Sehr nah scheint Ihr nicht zu sein, du und dein Bruder".

„Da magst du Recht haben", sagte ich ungewohnt knapp und verfiel sofort ins Grübeln. Die Lara und der Arnold. Ist sie überhaupt die Richtige für ihn? Bräuchte er nicht eine Frau, die ihn aus seiner Nische reißt, ihn anspornt, ihn ...

Hoppla, was machte ich denn da! Ich gab ganz eindeutig die schreckliche Mama, die am liebsten ihre Schwiegertochter selbst aussuchen und dem Sohnemann verordnen würde. So wollte ich auf keinen Fall sein. Außerdem hatte man ja gesehen, wie viel eine zupackende Frau namens Sascha bei Arnold ausgerichtet hatte: Nix, niente, nada. Vielleicht war gerade die schutzbedürftige Lara mit dem geringen Selbstbewusstsein eine Frau, die Arnolds Beschützerinstinkt und seine Kräfte weckte. Jedenfalls, schalt ich mich, war die Wahl seiner Freundin alleine Arnolds Sache. Basta.

Erst später, allein auf meiner Couch, wo ich vor dem Schlafengehen gerne ein Stündchen im Halbdunkel der Schummerbeleuchtung lag, um die Gedanken frei laufen und die Ereignisse des Tages Revue passieren zu lassen, traf mich plötzlich fast der Schlag. Arnold hatte ein Motiv für den Mord an Besart Bogdani, ein starkes noch dazu.

Rasch versuchte ich, Argumente dafür zu finden, dass Arnold kein Mörder sein konnte. Er war ganz klar nicht der Typ dafür – so eingeschüchtert und eher duckmäuserisch, wie ich ihn als Kind gekannt hatte. Freilich war Arnold inzwischen erwachsen. Das ließ sich nicht leugnen. Und so, wie er mich kürzlich in der Hotelküche angestarrt hatte, schien er den Zugang zu seinen Aggressionen inzwischen gefunden zu haben … Durchaus denkbar also, dass Arnold sehr ungehalten reagiert hatte auf ein Machoschwein, das seine Freundin sexuell genötigt hatte. Zumal mein kleiner Bruder („Lass endlich das „kleiner" weg!!") … zumal mein Bruder schon immer alles, was er wirklich mochte, hütete, wie einen Schatz.

Trotzdem konnte ich ihn mir nicht als eiskalten Mörder vorstellen, der seine Tat im Voraus plante. Wie bei Milenas Freund Lukas würde ich bei Arnold eher auf Totschlag im Affekt tippen, wenn überhaupt. Aber Bogdani war eben nicht erschlagen, sondern vergiftet worden. So hatte es im Gutachten der Rechtsmedizin gestanden – danke Kommissar Daniel Berger. Ich sollte auf jeden Fall mal mit meinem Bruder reden. Schon, um ihn neu kennenzulernen …

Mittags allein im Zimmer 10 hatte ich natürlich alle Dateien von Daniels Desktop auf einen Stick gezogen. Eine Monitoring Software, die dem Notebook-Nutzer sofort angezeigt hätte, dass ich Kopien runtergeladen habe, gab es, wie erwartet, auf dem Polizei-Laptop nicht. Zu Hause hatte ich mir zu meinem leichten Abendessen ein Glas tiefroten Bordeaux eingeschenkt. Meiner Meinung nach die passende Farbe für Mord.

Wie sich schnell herausstellte, war die Weinfarbe genau richtig gewählt. War das Verbrechen selbst auch äußerlich unblutig gewesen, so war es der „Beruf" des feinen Herrn Besart Bogdani nämlich auf keinen Fall. Der Mann hatte Kriegsgerät verkauft, vom Sturmgewehr bis zum U-Boot über Panzer und Kampfjets sowie „atomwaffenfähige Substanzen"! Vor allem an die Herrscher Menschenrechte verletzender Diktaturen, die nicht einmal die Bundesrepublik beliefert. Ich überflog Stichworte wie Artilleriegranaten, Raketen-Gefechtsköpfe, Passivradar, Verschlüsselungs- und Aufspürtechnik, chemische Kampfstoffe wie Senfgas (!!!), usw. – ich las nicht weiter, um das Horrorszenario in meinem Kopf zu stoppen.

Wie ein Buchmacher verkaufte Bogdani sowohl an die Machthaber als auch an diejenigen, welche diese bekämpften: Egal, ob der Kunde verliert oder gewinnt, der Händler macht immer seinen Reibach. Was Drogen und großangelegten Betrug betraf, war sein Name zwar bereits dreimal im Rahmen von Ermittlungen aufgetaucht, man hatte ihm aber nie etwas nachweisen können.

Bogdani verfügte zu Lebzeiten über Bargeld und Aktien im Wert eines jeweils dreistelligen Millionenbetrages und residierte mit seiner derzeitigen, dritten Ehefrau abwechselnd in Moskau, Berlin, Shanghai, Johannesburg und Zürich. Die konnte sich jetzt freuen. Bevor er nach München gekommen war, hatte sich der gebürtige Albaner im King Plaza Hogomo by Meridion Kinshasa in der Demokratischen Republik Kongo aufgehalten.

Einige vergrößerte Aufahmen des toten Bogdani inklusive protzigem Goldring mit Riesenrubin und schwarzem Doppeladler der albanischen Flagge sowie schmerzverzerrten Gesichtszügen, konnten mir spätestens zu diesem Zeitpunkt kein Mitgefühl mehr entlocken.

Aus Bogdanis menschenfreundlicher Tätigkeit ergaben sich natürlich Fragen: Wozu war der Typ in München gewesen? Wollte er hier Geschäfte abwickeln? Anscheinend hatte der Scheißkerl doch tatsächlich Prospekte seiner „Ware" –

Prospekte!! – dabeigehabt, so richtig mit Fotos, Beschreibungen von Zerstörungskapazitäten usw. Ohne Preise. War wohl Verhandlungssache.

Nach dem Recherchebericht zu unserem bombigen Toten widmete ich mich dem der KTU/SpuSi. Das ging relativ schnell. Die haben nämlich, außer denen von Georg und Linda, keine Spuren gefunden, weder am leer gegessenen Teller, noch in der Küche noch sonst im Hotelzimmer, außer denen der Küchen- bzw. der Reinigungsmannschaft und einiger verblasster Spuren, vermutlich von früheren Hotelgästen. Tja, egal wie intensiv du putzt, etwas bleibt immer kleben … Aber die Kriminaltechniken sind halt heute auch sehr genau. Und wenn die Möbel mit Luminol besprüht werden … fragen Sie nicht!

Die neben Bogdanis Pass, dem Smartphone und seinen Klamotten in einer Ledermappe im Zimmer des Verblichenen gefundenen Geschäftsunterlagen waren allesamt nichtssagend, sah man mal von den ca. 25 Visitenkarten von Staatschefs und Generälen in der ganzen Welt ab. Bogdanis Brieftasche mit 3000 Euro Bargeld und verschiedenen Kredit- und Kontokarten hatte unberührt auf dem Nachtkästchen gelegen.

Als nächstes nahm ich mir den Bericht des Gerichtsmediziners vor. Letzterer beschrieb den Körper des Toten als in relativ gutem Zustand, wenn auch untersetzt, mit vergiftungstypischen Verkrampfungen der Gliedmaßen. Ansonsten waren keine äußerlichen Verletzungen sichtbar, es sei in den letzten zwei Tagen vor dem Tod zu keinem Geschlechtsverkehr gekommen, weil fehlende Spermaspuren, somit keine Vergewaltigung, weder prä noch post mortem. Uterus in gutem Zustand, nie ein Kind geboren.

„Häh!?"

Spätestens jetzt schreckte ich auf und sah mir die Überschrift zum aktuellen Bericht an. Ich hatte versehentlich den forensischen Bericht einer Erika Kardella mit heruntergeladen! Der musste in einer Reihe mit Bogdanis Dateien auf dem Desktop gelegen haben. Uff, ich dachte schon, jetzt fängts bei mir an …

Aber warum hatte Signor Daniele diesen Fall neben dem des Waffenhändlers gelistet? Ich nahm mir den Text der Dame, die bereits vor zwei Jahren zu Tode gekommen war, nochmals vor und verglich ihn anschließend mit dem richtigen Forensikbericht von Bogdani. In beiden Fällen handelte es sich um Tötung mit Rattengift, das dem jeweiligen Opfer in einem Hotel verabreicht worden war. Eine gezielte Suche förderte weitere Berichte, die tote Frau betreffend, zutage, deren Mörder übrigens nie gefunden worden und die mit einem Mitglied des organisierten Verbrechens in unserer herrlichen Stadt verheiratet gewesen war.

Münchner Pate statt Münchner Kindl? Die Mafia München, Palermostraße 6? Klingt blöd, ich weiß. Aber natürlich gibt es auch in unserer oberflächlich betrachtet doch irgendwie gemütlichen Großstadt, eine ganze Menge düsterer bis zappendusterer Gestalten und Gemeinschaften, wie halt überall auf der Welt. War es das, was die Bullerei dachte? Dass einer von denen Bogdani ausgeknipst hatte? Davon hatte ich die beiden gar nichts reden hören. Vielleicht wurde das ja bei ihrem ausführlichen „Löntsch" besprochen. Verdammt, nächstes Mal muss ich auch noch die Jacken der Inquisitoren verwanzen, anstatt nur das Verhörzimmer!

Ein weiterer Bericht zu unserem Ballermann-Verticker kam von der IT-Abteilung des Polizeipräsidiums. Mittels Funkzellenortung hatte die zuständige Dame überprüft, wessen (eingeschaltetes) Handy sich um die Tatzeit herum nahe dem Zenz aufgehalten hatte. Shocking, was die so alles nachverfolgen können ... Muss ich mir merken, nur für den Fall.

Die Ortung jedenfalls hat ergeben, dass sich ein paar Stunden vor der Herstellung des unbekömmlichen Leckertellers für Bogdani ein Typ namens Hanno Hetzenauer, seit Jahren verstrickt in Madame Kardellas Verbrecherkreise, nahe der U-Bahnstation Münchner Freiheit aufgehalten hatte. Genauer konnte man das örtlich leider nicht feststellen. Und da der Ganove sein Mobilfon danach ausgeschaltet hatte, auch nicht, ob er später ins Hotel eingedrungen war und die böse Tat vollbracht hatte.

Weiter gings im Text mit den Einzelverbindungsnachweisen des Bogdanischen Telefoninos, die leider weder die Nummer von Hetzenauer noch die eines anderen Vertreters der Bösen Onkels enthielt, jedoch ein paar Anrufe mit unterdrückter Nummer, zwei davon vom Mordtag. Diese Nummer ließ sich, da von einem Prepaid Handy stammend, laut IT nicht zurückverfolgen.

Bogdani hatte ab 21 Uhr eine halbe Stunde mit seiner Lebensabschnitts-Angetrauten auf den Bermudas parliert und danach, wen wunderts, mit einer Sex Hotline – fünf Minuten lang. Ein Mann von der schnellen Truppe. Sitz der Hotline Dame war übrigens Hamburg. Sie hätte also keine Gelegenheit gehabt, ihren Kunden abzumurksen, zum Beispiel aus gekränkter Berufsehre.

In den Vernehmungsprotokollen anderer Mitglieder des Hotelpersonals wurden bisher keine heißen Spuren erwähnt. Es konnte einfach jeder das Rattengift aus dem Keller geholt haben – die Tür war immer offen, weil sich dorthin normalerweise niemand außer unserem Gärtner verirrte, aber der nahm sich seit einer Woche die Grippe und ließ sich von seiner Frau betüddeln. Dass das Gift aus dem Hotel stammte, war eindeutig, nicht zuletzt, da akribisch Buch geführt wurde über dessen Verbrauch und die vorhanden Bestände. Vielleicht sollte demnächst auch auf das Abschließen der Tür Wert gelegt werden …

Also nochmal von vorne. Unser lieber Chefkoch Georg hätte schon ziemlich blöd sein müssen, das Essen zu vergiften, wo doch der erste Verdacht sofort auf ihn fällt. Oder er ist so schlau und dreist, genau diesen Widerspruch herauszufordern. Aber: Es fehlt das Motiv.

Bei Linda vom Küchenpersonal, die Bogdani gegen 20:45 Uhr die todbringende Speise aufs Zimmer geliefert hatte, fand sich ebenfalls kein Motiv. Auch, wenn es laut ihrer „wie immer widerlich" gewesen war, dem Kerl das Essen zu servieren, während er fett und grinsend auf dem Bett lag und hinter ihr aus dem Fernseher an der Wand das laute Stöhnen eines gestreamten Pornos ertönte. Aber das war Linda, wie gesagt, seit Jahren von ihm gewöhnt. Bogdani war nämlich nicht das erste Mal bei uns zu Gast, sondern schon drei- oder viermal zuvor. Er logierte etwa einmal im Jahr für ein paar Wochen im Hotel.

Mit ihren 64 Lenzen und ihrer taffen Art hatte sie außerdem wohl eher nicht in Bogdanis Beuteschema gepasst. Der hatte offensichtlich den Frauentypus jung und schüchtern bevorzugt, womit er sich bestimmt sehr männlich vorgekommen war. Alle anderen Hotelangestellten hatten entweder Alibis oder, wieder Mal, kein Motiv, meistens beides.

Ich hatte meine Schicht an dem Tag ja bereits um 14 Uhr beendet. Sonst wäre unsere Küche nach Fütterung der Raubtiere und Reinigung der Fressnäpfe (und einem kostenlosen, aber super leckeren Abendessen für mich) zur Lasterhöhle mit illegalem Pokerspiel mutiert, wie oft, wenn Georg bis 24 Uhr Schicht hatte. Für unsere verwöhnten Gäste gibt es im Hause Stenz nämlich warme Küche bis Mitternacht ...

Laut Forensik muss Bogdani direkt nach dem Servieren zu essen begonnen haben. Seine finale Wirkung entfaltete das Gift dann nach ca. 6 bis 7 Stunden, weshalb der Tod Bogdani zwischen 2:45 und 3:45 Uhr morgens im Bett ereilt hatte.

Die Fachkräfte der Polizei haben angemerkt, dass die Wirkung auch erst in bis zu drei Tagen hätte eintreten können. Rattengifte, sogenannte Rodentiziden, fungieren nämlich als starke Gerinnungshemmer, weshalb schon die geringste Verletzung das Opfer verbluten lässt. Bogdani hatte wohl ein Magengeschwür und ist deshalb relativ schnell innerlich verblutet.

Freilich mag auch eine Rolle gespielt haben, dass jedes einzelne Lebensmittel auf dem Schmankerlteller: die Streichwurst, der Leberkäs, der Schwarzwälder Schinken, der Presssack, der Obatzte, die Gewürzgurken, das Salatblatt, die Tomatenscheibe, die Radieschen, der Nachtisch (Bayrisch Creme) – alles bio und in Bayern hergestellt sowie verarbeitet – mit extrem großen Giftdosen präpariert worden war. Da wollte aber jemand auf Nummer Sicher gehen, mein lieber Scholli!

Der Vorteil von Rattengift: Es ist geruchs- und geschmacksneutral. Weil die schlauen Nager nach dem ersten Todesfall sonst sofort die Köder erkennen und meiden würden. Auch hat es deshalb eine verzögerte Wirkung. Dass von Bogdanis Qualen keiner etwas gehört hatte, lag vermutlich daran, dass unsere Zimmer allesamt ziemlich gut schallisoliert wurden – der Herr von Welt bekommt bei uns ja schon mal Damenbesuch und das muss nun wirklich nicht jeder mitkriegen … Außerdem wohnt grad auf der ersten Etage kaum jemand und die wenigen Gäste vom 1. Stock waren in Schwabing unterwegs.

Selbstverfreilich wechseln wir täglich Bettwäsche und Handtücher, außer, der Gast widerspricht dem aus Umweltschutzgründen – das nehmen wir ernst! Alle Reinigungs- und Gästeartikel werden aufgefüllt (keine Wegwerfware!), der geschickt ins Ambiente integrierte Kühlschrank wird neu bestückt, falls da was fehlt. Er ist schmal, hat aber die Höhe für normalgroße Flaschen, die Verpackung sparen. Außerdem lüften wir jedes Mal, checken den Hotelsafe auf Geschlossenheit, machen einen Fußpilztest im Bad und legen ein paar Süßies und ein Kärtchen mit der Affirmation „Have a nice day" aufs Kopfkissen. Frische Blumen (zum Teil aus dem eigenen Garten) bringen täglich leuchtende Farben in die Räume. Zwei Flaschen, Weiß- und Rotwein, stehen ebenfalls täglich frisch auf dem dafür vorgesehenen Tischchen, die gehen aufs Haus.

Neben diesen ganzen Aufmerksamkeiten steht darauf in jedem Zimmer auch noch ein kleiner Bilderrahmen. Dieser spielt auf Knopfdruck eine der rund 50 gespeicherten, liebevoll ausgewählten, kurzen Szenen aus Helmut-Fischer-Filmen als Video ab. Ist das nicht toll? Ab und zu kann ich nicht widerstehen und schau mir ein paar Sequenzen an.

Aber zurück zum Mord. Wie man es dreht und wendet, der Mörder muss die Tat von längerer oder kürzerer Hand geplant haben. Er musste sich das Gift bereits vorher besorgt und dann auf den passenden Moment gewartet haben. Denn dass Bogdani sich Essen aufs Zimmer bestellen würde, konnte er im Vorfeld nicht gewusst haben. Dafür musste er schon auf der Lauer gelegen haben.

Von den Gästen schien laut Befragung durch die Polizisten auch niemand etwas mit Bogdani zu tun gehabt zu haben, zumindest auf den ersten Blick.

Die Gäste konnte ich auf die Schnelle nicht überprüfen – die Namensliste ging ich trotzdem durch. Zurzeit war die Belegung im Hotel Gott sei Dank gering. Zum einen war noch Ramadan, weshalb die meisten arabischen Gäste in ihren heimischen Ländern weilten. Man möchte nicht glauben, wie viele Fans unserer 50er- bis 80er-Jahre-Fernsehserien es dort gibt!

Zum anderen ist zurzeit auch die zweite Hauptgruppe ausgedünnt, aus der sich unsere Gäste zusammensetzen: Die Deutschen. Natürlich die aus Norddeutschland, denn wer sonst würde mit solcher Begeisterung alten bayrischen Serien huldigen – zu diesem Preis … Im Moment ist halt kein Oktoberfest, keine Messe oder sonstiger populärer Event. Schon bald wird sich das wegen der Caravaning & Camping-Messe ändern. Aber im Moment stehen nur 12 Leute bzw. Familien auf der Liste, minus Bogdani.

Ganz am Schluss sah ich mir noch eine winzige Datei mit nur 16 KB an. Nach dem Öffnen lief mir ein kalter Schauer über den Rücken und in meinem Magen bildete sich ein Eisklumpen. Dort standen unter der Überschrift „Höchst tatverdächtig" zwei Namen. Der von Mafia-Mann Hanno Hetzenauer und, darüber fett gedruckt, der Name Lara Pfeiffer.

9 Freitag – Der Geist ist willig …

Für den nächsten Tag hatte ich mir vorgenommen, mir den Tatort mal ausgiebig anzuschauen. Vielleicht brachte das ja meine durch zu viele Fakten strapazierten Gehirnwindungen zum Leuchten. Die Polizei war inzwischen mit den Vormittags-Vernehmungen durch, die heute nichts Prickelndes ergeben hatten, und hatte sich bereits vor einer halben Stunde zum Mittagessen verabschiedet. Natürlich hatten die Bullen samt Spurenlesern längst alles durchsucht, und sicher sah ich nicht mehr als die, aber Probieren geht über Studieren. Hihi, das war ein Spruch, den ich wortwörtlich als eins meiner Lebensmottos bezeichnen konnte!

Ich zog die Tür zu Zimmer 13 auf und trat ein. Kommissar Herrlein stand an einem Tischchen und blickte versonnen darauf hinab. Überrascht sah er auf und sagte:

„Sie haben ja wunderschönes Haar!"

Woraufhin sein Gesicht die Farbe Roter Beete annahm.

Anerkennende Bemerkungen zu meinem Haar bin ich gewöhnt. Solange ich in der Arbeit bin, trage ich es, wie bereits erwähnt, zu einem praktischen Zopf gebändigt. Wenn mich die Leute dann zum ersten Mal mit offenen Haaren sehen, sind sie meist positiv erstaunt.

Mit meinen Haaren gebe ich mir, ehrlich gesagt, ziemlich viel Mühe. Das bedeutet, ich bearbeite sie mit verschiedenen Mittelchen, etwas, das ich meinem restlichen Körper eher weniger zukommen lasse und gehe regelmäßig zum Friseur. Wer jetzt denkt, ich würde deshalb öfter mit kunstvollen neuen Frisuren aufwarten, irrt.

Meine Haare sind bitterschokoladenbraun, glänzend, dick und schwer – und sie fallen ausschließlich schnurgerade nach unten. Folglich stehen als Abwechslung nur zur Verfügung: Pony schneiden, wenn länger, hinter einem Ohr platzieren, dann Seitenscheitel. Die Gesamtlänge variiert zwischen knapp auf die Schulter fallend bis 15 Zentimeter darüber hinaus. Alles Längere ist unbequem: Wie gesagt, sind meine Haare *schwer* – beim Kopf Vorbeugen landen sie gern mal in den Spaghetti.

Dass nicht mehr geht frisurentechnisch, musste ich während meiner Pubertät schmerzhaft erfahren. Während meine Klassenkameradinnen sich die Haare schwarz, die Lippen lila, das Gesicht bleich und die Fingernägel schmutzig färbten, ließ ich mir das Haar „naturblond" strähnen. Denn ich hatte Samantha Stephens aus der 60er-/70er-Jahre-Serie „Verliebt in eine Hexe" zu meiner Kultfigur erkoren. Also legte ich mir ein Arsenal uni pastellfarbener Etuikleider, Blusen und Röcke zu, ganz wie „Sam", die ich kopierte, vielleicht weil auch sie, wie ich, einen männlichen Vornamen als Spitznamen trug.

Allerdings waren alle Versuche für die Katz, mein Haar dazu zu bringen, sich zu locken oder wenigstens sanft zu wellen. Es blieb wie ich: stur gerade. Schließlich legte ich mir einen geflochtenen Zopf zu, den ich, ähnlich Prinzessin Leia aus den ersten Star Wars Filmen, als Kranz auf den Kopf schmiegte wie einen angeklebten Heiligenschein. Die seitlichen Haarkringel, die ein sadistischer, mindestens geschmacksverirrter Regisseur der armen Prinzessin verpasst hat, fand ich damals schon bescheuert – ob sie nun von einer mexikanischen Revolutionärin inspiriert waren oder nicht.

Jedenfalls kenne ich seither die Grenzen meiner Möglichkeiten in Bezug auf Hairstyling. Trotzdem bin ich stolz auf meine

Mähne und war deshalb geneigt, dem Kommissar seine folgende Unfreundlichkeit nachzusehen.

„Hrrrm, was haben Sie am Tatort zu suchen!", legte er nach, bemüht, seinen unprofessionellen Ausflug ins Private bei einer Zeugin in einem Mordfall zu überspielen.

„Ihnen auch einen schönen Tag, Herr Kommissar. Ich wollte nur mal schauen, ob ich vielleicht hier putzen sollte. Schließlich sind wie es unserem Ruf als Hotel der ersten Liga schuldig, den Standard aufrecht zu erhalten. Und zwar in allen Zimmern", schob ich mit würdevoll entrüstetem Timbre in der Stimme nach.

„Das verstehe ich ...", lenkte der Kommissar ein. Bevor er seinen Satz mit einer Einschränkung versehen konnte, fügte ich hinzu:

„Schließlich ist Ihre Spurensicherung hier drinnen ja schon lange fertig."

Und weil Angriff oft die beste Verteidigung ist, lehnte ich mich noch weiter aus dem Fenster.

„Was machen Sie eigentlich heute nach Feierabend? Es muss doch recht stressig sein, den ganzen Tag über Menschen zu verdächtigen, da braucht man doch am Schluss etwas Entspannung."

Jetzt konnte ich beobachten, wie sich kleine entzückende Schweißperlchen um die Nase meines Lieblingspolizisten bildeten.

„Wir könnten ja nachher etwas trinken gehen – schließlich ist das hier Schwabing mit einer Kneipe neben der anderen?", entließ ich ihn ein bisschen aus dem Schwitzkasten der Unsicherheit und nahm ihn in den der Gewissheit.

Der Herr Kommissar war es ganz klar nicht gewöhnt, dass jemand anderer ihm gegenüber derart den Ton angab, besonders keine Frau aus dem Umfeld eines nicht geklärten Mordfalles.

Er schwieg eine Weile. Dann noch eine Weile. Als er immer noch nichts sagte, wurde mir klar, dass er hier eine Verhörtechnik anwandte, die sein Gegenüber wohl nervös machen, das Mütchen des allzu frechen Gesprächspartners kühlen sollte. Tja Süßer, nicht mit mir. Ich habe *sehr* viel Sitzfleisch, selbst im Stehen. Ich legte den Kopf schief und sah ihn zuckersüß unschuldig an.

Da sich ein vom Weibchen gewonnener Zweikampf, in diesem Fall verbaler Art, nicht positiv auf das Selbstbewusstsein und andere Funktionen des Männchens auswirkt, senkte ich dann doch lieber den Kopf. Verlegen mit der Schuhspitze scharrend machte ich einen scheinbaren Rückzieher.

„Vielleicht war ich da ja eben zu forsch, aber wenn mir schon mal ein Mann gefällt … Verzeihen Sie, Herr Kommissar, und vergessen Sie einfach, was ich gesagt habe" hauchend, wandte ich mich zum Gehen.

Ich hatte die Tür bereits geöffnet, da hörte ich seine Stimme. Leiser, aber wieder fest.

„Ich mache gegen 20 Uhr Schluss. Wenn Sie dann noch da sind …"

Das dankte ich dem Herrn Herrlein mit meinem 100.000-Volt-Lächeln, kurz bevor die Tür hinter mir ins Schloss fiel.

Spontan blitzten vor meinem geistigen Auge Bilder meines kleinen Abenteuers vom letzten Wochenende auf:

Letzten Samstag war ein wunderschöner Frühlingstag gewesen und ich hatte schon seit geraumer Zeit am Badenburger See gesessen – dem größeren der beiden Seen im Nymphenburger Schlosspark. Die Stufen des dort gelegenen Apollotempels, unseres Nymphenburger Monopteros`, waren von der Sonne sanft gewärmt und boten meinem Hinterteil eine angenehme Sitzfläche. Gerade hatte ich auf meinem Handy bei Wikipedia nachgelesen, dass der See eine Fläche von 5,7 Hektar befeuchtet und zwischen 1805 und 1807 angelegt wurde, da fiel mir ein junges Paar auf, das einträchtig am nahen Ufer flanierte. Ohne von mir Notiz zu nehmen, schritt es ins leise Gespräch vertieft vorüber, die Arme gegenseitig um die Hüften gelegt.

So kam ich nicht umhin, die auffälligen Rückansichten der beiden zu bestaunen. Die Frau, kaffeebrauner Teint und schwarzes, voluminöses Haar, verfügte über ein ebensolches Hinterteil. Nicht wirklich dick, aber doch prall ausgeprägt, wie es bei weiblichen Vertretern afrogermanischer Bauart häufig der Fall ist, prangten die drallen Rundungen in hautengen Jeans und wogten beim Gehen sanft hin und her. Ein bis an die Materialgrenze ausgefülltes Stretchtop reichte nur knapp bis zum Hosenbund.

Der Achtersteven des hellblonden Mannes war ebenfalls ein echter Hingucker. Breite Schultern und Oberarme thronten über einem muskulösen, sich rasch nach unten verjüngenden Rücken, der das kurzärmlige verwaschen graue T-Shirt, das an ihm klebte, fast zu sprengen schien. Seine knackigen Pobacken zwischen den schmalen Hüften hoben und senkten sich in seiner fadenscheinigen Jeans bei jedem Schritt zackig wie zwei kleine Melonen in einem dünnen Tragenetz. Bei solch einem Anblick kann ich richtig poetisch werden.

Ohne dass ich sie dazu aufgefordert hätte, setzten sich meine Beine in Bewegung und folgten den Hint-, also dem Paar. So marschierten wir drei, unbemerkt gemeinsam, etwa eine Stunde durch den grünen und blühenden Park und schließlich zu dessen Hauptausgang am Schlossrondell. Gleich nach den schmiedeeisernen Torgittern wandten wir uns nach rechts.

Nach knapp 400 Metern bogen meine Zielobjekte erneut nach rechts ab in die Schlosswirtschaft Schwaige, gehobene Bayrische Küche, Personal a bisserl hochnäsig, Kunden a bisserl gschpritzt (zuviel Geld).

Über dieses Ziel war ich froh, weil ich hoffte, nach dem Biergartenbesuch würden sich meine beiden Turteltäubchen trennen und ich könnte zum Angriff übergehen. Dass Adonis und Aphrodite schon zusammen in einer Wohnung lebten, glaubte ich nicht. Zuviel ständiger Körperkontakt. Ich ließ mich auf einem Tisch in gebührendem Abstand nieder und genoss herrliche Ravioli mit Lauch in Salbeibutter auf Parmesan-Creme und gebratenen Reherln (Pfifferlingen).

Schließlich hatten wir bezahlt und den Biergarten verlassen. Draußen vor der Tür nahm der junge Gott seine Holde in den Arm und küsste sie innig.

Das Warten hat sich wirklich gelohnt, hatte ich später in meine Bettdecke gekuschelt gedacht und hatte, angeregt von meinen jüngsten Erinnerungen, den mittleren Hügel der wölbungsreichen Silhouette links neben mir gestreichelt. Prompt war diese herumgerollt, ein Wuschen krauses Haar und zwei Augen waren über dem Rand der Bettdecke aufgetaucht, schwarzbraun glänzend wie flüssige Schokolade.

„Lust auf eine weitere Runde, Süße?", hatte ich mit hoffnungsvollem Lächeln gefragt.

„Aber immer", war die Antwort der Belle gewesen, ich hatte mich mit spontan erhöhter Pulsfrequenz über die dralle dunkle Schönheit gebeugt. Als sich unsere Lippen gefunden hatten, zwickte mich etwas in den Po.

„Heh, aber nicht ohne mich!", war eine tiefe Stimme in meinem Rücken ertönt. „Würde ich doch nie wagen …", hatte ich behauptet und dem jungen blonden Gott hinter mir in die blauen Augen gegrinst.

Mit einem verträumten, möglicherweise leicht debilen Gesichtsausdruck kehrte ich in die Gegenwart zurück und zu Kommissar Wonderful. Möglicherweise könnte der Kerl mein Götterpaar toppen …

Privat war der Herr Kommissar deutlich lockerer als im Dienst. Zumindest nach dem dritten Ouzo auf Ex. Wir hatten uns für einen kleinen aber feinen Griechen entschieden und freuten uns auf das große Schlemmen.

Zwischen zahlreichen Vorspeisentellerchen mit Zaziki, Oliven, Htipiti (Schafskäsemousse pikant), Taramas, gefüllten Champignons, gebratenen Zucchini, gebratenen Auberginen und gebackenem warmem Schafskäse mit Tomaten, Peperoni und Knoblauch sowie tonnenweise Pita erörterten wir meine Lebensgeschichte. Der griechische Harzwein ist normal nicht so meins, aber mit dem Kommissar zusammen machte mir das kulinarische Experimentieren richtig Spaß.

Bei Stifado (Lammfleisch mit gekochten Frühlingszwiebeln in Tomatensauce, die Wahl des Kommissars) und Dorade vom Grill (für meine Wenigkeit), bot ich dem Herrlein das „Du" an. Er widersprach nicht und wir stießen mit dem dritten Glas Retsina auf Brüderschaft an: Toni und Sascha, Sascha und Toni. Mittlerweile lachten wir schon wegen solcher Nichtigkeiten, wie der unserer androgynen Vornamen.

Als ich dem Toni schließlich bei Galaktoboureko und Joghurt mit Honig und Walnüssen, die wir jeweils brüder-/schwesterlich teilten, meine Anti-Mobbing-Maßnahmen in puncto Nachname gestand, verlor er endgültig die nur noch mühsam aufrecht erhaltene Contenance und wieherte geschlagene zwei Minuten wie ein Brauereigaul – nach zehn Sekunden mit mir im Duett.

Kurzum, es war ein toller Abend, so viel Spaß hatte ich schon lange nicht mehr mit einem Mann außerhalb der Horizontalen. Deshalb sah ich auch davon ab, ihn noch zu mir hoch zum Fotoalbum Anschauen zu bitten, als er mich nach Hause gebracht hatte, freilich per Taxi. Das wartete jetzt in keuscher Entfernung, ich vertrieb Tonis enttäuschte Miene mit einem sehr langen, sehr eindeutigen Kuss und hauchte ihm ein „bis morgen" ins Ohr.

Gut Ding will schließlich Weile haben und ja, ich könnte mir tatsächlich mit Kommissar Toni mal wieder so etwas wie eine Beziehung vorstellen.

10 Samstag – Neuanfang mit Hindernissen

Am nächsten Morgen erwachte ich – leider viel zu früh durch den Wecker, weil Frühschicht – mit lüsternen Traumgedanken an meinen Kommissar und einem wohligen Schmetterlingskribbeln im Bauch.

Rasch huschte ich ins Bad, putzte mir die Zähne und sprang unter die Dusche. Während ich mir das warme Wasser genussvoll über den Körper fließen ließ, schloss ich die Augen und war endlich mal wieder ganz im Hier und Jetzt.

Da rumpelte es plötzlich hinter der Glastür der Duschkabine. Ich riss die Augen auf und sah einen verschwommenen schwarzen Schatten, der die Hand nach dem Türgriff ausstreckte.

„Hab ich dich endlich!", sagte der Schatten, öffnete die Kabinentür und drängte mich an die gefliese Wand. Mein Aufschrei wurde im Keim erstickt – durch einen Mund, der sich auf meinen stülpte. Meine Anspannung verflog sofort und danach stülpten sich mehrere Dinge über und in andere Dinge, so dass ich kaum mehr mitkam.

Nach dieser ungewöhnlich ausdauernden Dusche rubbelte ich viel gerötete, etwas schrumpelig gewordene Haut trocken, föhnte mir die Haare, lief in die Küche und setzte mich an den bereits gedeckten Frühstückstisch.

Jetzt muss ich etwas erklären. Es ist wahr, dass ich den Kommissar nicht gleich beim ersten Date vernaschen wollte. Aber wie's halt so ist – der Geist ist willig … Dem feuchten Hundeblick von Toni hatte ich genauso wenig widerstehen können wie meinem auch durch das opulente griechische Mahl nicht gestillten Appetit.

„Wir sollten vielleicht nicht zusammen im Hotel ankommen", meinte ich zum Kommissar gewandt. „Um deinen Ruf als unabhängiger Ermittler nicht zu gefährden, ich bin, was meinen Ruf betrifft, relativ schmerzfrei."

„Wir sind im Hotel inzwischen fertig mit den Vernehmungen. Ich hab mit der Feddersen allerdings besprochen, dass das Verhörzimmer erstmal ungebucht bleibt, falls wir es nochmal brauchen. Ich fahr als Erstes ins Kommissariat, da kann ich auch ein bisschen später antanzen."

„Wie schön für dich", antwortete ich mit vollem Mund, „ich hab heut Frühsch… Scheiße!".

Ich ließ die Käsesemmel fallen, knallte dem Kommissar einen Kuss auf die Stirn, blockte mit dem linken Unterarm geschickt seine zielstrebig in Richtung meines Oberkörpers herannahende Hand zur Seite, rief „Wir telefonieren!", riss im Laufen meine Tasche und eine Jacke von der Garderobe, sprang ins Treppenhaus und warf die Wohnungstür hinter mir zu.

Am Abend desselben Tages stand ich an der Renatastraße 102 im Stadtteil Neuhausen vor der Tür eines hübschen dreistöckigen Mehrfamilienhauses und trat seit geschlagenen fünf Minuten von einem Bein aufs andere. So unerschrocken und unüberlegt spontan ich sonst immer war, im Moment fühlte ich mich verlegen und mit der Situation überfordert. Ich wusste einfach nicht, was ich sagen sollte, nicht in *diesem* Fall, wo die Kommunikation immer heikel gewesen war. Im Grunde nie geklappt hatte.

„Schön wohnst du hier …", war als Auftakt ein Schmarrn, weil eine Bewertung, die er grade von *mir* gar nicht haben

konnte. „Ich wollte einmal mit Dir reden", war ebenso wie
„Ich wollt mal schauen, wie es Dir jetzt so geht", vermintes
Gebiet, weil schon zu oft als Einleitung für gescheiterte Ge-
spräche benutzt. Mann oh Mann, da tat sich ja ein Feld völlig
unbekannter Minen vor mir auf!

Weil mir trotz des lauen Frühlingsabends langsam kalt
wurde, entschied ich mich dafür, gleich den Kern meines An-
liegens zu nennen. Was war das noch gleich? Den Mörder finden? Lara entlasten? – bloß nicht, das will er ja sicher selber
tun! Ihm helfen, Lara zu entlasten (und auch gleich ihn
selbst!)? Im Prinzip ja, aber nicht *so* formuliert. Nicht mit dem
„Ich will Dir helfen, …" am Anfang. Sonst macht es womöglich *tilt* in seinem Hirn und er vollendet, wozu er in der Küche
des Zenz nicht gekommen ist …

Oh. Mein. Gott. Jetzt *reiß* dich aber zusammen, Sascha und
hör auf, hier rumzueiern. Zusammenarbeit – das ist es, was ich
ihm anbieten will. Zusammenarbeit auf einer Ebene, zwischen
gleichberechtigten Partnern, in gegenseitigem Respekt. Nur für
einen begrenzten Zeitraum. Für das gemeinsame Ziel, den
echten Mörder zur Strecke zu bringen. Ja, so könnte es gehen.

Auf mein Klingeln hin ertönte der Summer fast sofort. So,
als hätte mein Bruder auf mich gewartet. Oder hatte er mich
hier unten herumhampeln sehen? Und wollte mich jetzt möglichst schnell und genussvoll lautstark zur Schnecke machen?
Wenn ich nicht nach oben ginge, würde ich es nie herausfin-
den.

Im obersten Stock gab es, wie auf jeder Etage, nur drei Ein-
gangstüren. Die am Kopfende des Ganges stand leicht offen.
Aus dem Spalt drang angenehm warmes Licht und ein wunderbarer Duft nach salzigem Backwerk ins Treppenhaus. Mit

Käse überbacken, wenn mich nicht alles täuschte. Hatte mein Bruder also jemand anderen erwartet. Das war die einzig logische Erklärung. Vermutlich Lara. Jetzt musste ich mich wirklich beeilen.

Um meine neu erworbene Zurückhaltung zu demonstrieren, trat ich nicht ein, sondern klopfte von außen an die geöffnete Tür und wich einen Meter zurück. Nur kurze Zeit später hörte ich Schritte und dann stand er vor mir im Türrahmen. Mit einem Ausdruck des Erstaunens im Gesicht, der bereits dabei war, sich in Wut zu verwandeln.

„Es tut mir sehr leid, dich zu stören, aber bitte Arnold, hör mich an. Ich brauche deine Hilfe." Die Worte waren aus mir herausgesprudelt und erstaunt stellte ich fest, dass sie stimmten.

Arnolds Gesichtsausdruck wechselte erneut. In eine Art ungläubiges Zögern.

„Bitte", wiederholte ich deshalb und sah ihn so unsicher an, wie mir im Moment war.

Einige gefühlte Stunden lang blickte er mir unbewegt in die Augen. Ich fühlte mich gewogen und gemessen und mir war klar, dass ich das jetzt aushalten musste. Dann drehte mir mein Bruder wortlos den Rücken zu, ließ aber die Wohnungstür offen. Vermutlich das Zeichen, dass ich ihm folgen durfte.

In der Mitte des modern und behaglich eingerichteten und erstaunlich geräumigen Wohnzimmers wandte er sich mir wieder zu und sah mich erneut an. Er setzte sich nicht und forderte auch mich nicht dazu auf. „Sag, was du zu sagen hast und wir werden sehen", bedeutete das.

O.k. Ich hatte genau eine Chance. Das hieß, ich würde alles auf eine Karte setzen müssen.

„Ich habe die Polizisten abgehört. Mit einer Wanze, die ich im Verhörzimmer versteckt habe. Und ich habe ihren Dienst-Laptop gehackt. Lara ist ihre Hauptverdächtige, Arnold. Ich weiß, dass Sie deine Freundin ist. Und ich will Dir auf keinen Fall ins Handwerk pfuschen.

Aber ich bin ihre Kollegin und auch mit ihr befreundet. Ich weiß, dass sie es nicht war. Und ich habe ihr versprochen, dass ich ihr helfen werde. Also bitte, *bitte*, lass uns gemeinsam beweisen, dass Lara unschuldig ist. Allein wird es vielleicht keiner von uns schaffen. Sie wird jede Hilfe brauchen, die sie kriegen kann."

Damit hatte ich mich meinem Bruder praktisch ausgeliefert. Wenn er wollte, könnte er mich bei der Polizei verraten und ich wäre nicht nur meinen Job los, sondern würde vermutlich hinter Gittern landen, eventuell auch Bewährung bekommen. Mein Bruder sagte weiterhin kein Wort. Einen Moment, na gut, auch zwei bis drei Momente lang, hatte ich den Eindruck, ein sehr boshaftes Glitzern in seinen Augen zu sehen. Dann allerdings war es so rasch verschwunden, wie es gekommen war. Endlich bedeutete er mir, mich zu setzen. Ich nahm auf dem dunkelbraunen Ledersofa Platz.

Danach sagte ich ihm alles, was ich über Todesart und Tatzeit sowie Lara und Bogdanis sexuelle Nötigungen wusste. An der Art, wie Arnold erbleichte, sah ich, dass zumindest die Heftigkeit der Übergriffe neu für ihn war. Möglicherweise hatte Lara ihm nicht die volle Wahrheit gesagt, um ihn von unüberlegten Handlungen abzuhalten. Gut so. Das sprach gegen ihn als Täter. Ob er dennoch Bogdanis Mörder war, oder nach einem Alibi für die Tatzeit, konnte ich ihn unmöglich fragen –

das würde das superdünne Eis zerbrechen, auf dem unser eben stillschweigend geschlossener Waffenstillstand kauerte.

Nach einer neuerlichen Pause, während der mich mein Bruder weiterhin sehr direkt ansah, sagte er:

„Ich hab ihn nicht umgebracht. Jetzt wünschte ich, ich hätte es getan. So ein Dreckschwein. Am Dienstag waren Lara und ich ab 20 Uhr 30 den ganzen Abend hier. Wir haben zuerst gekocht und dann gemeinsam gegessen. Sie ist erst am nächsten Morgen weggefahren, direkt zur Arbeit."

Offenheit gegen Offenheit.

„Freilich wird mein Wort als Freund der Hauptverdächtigen nicht allzu viel Gewicht haben", fügte er das an, was ich mir ebenfalls gedacht hatte.

„Außerdem könnte der Eindruck entstehen, dass ich mir mit meiner Aussage selber ein Alibi geben will. Mich wundert überhaupt, dass die Polizei mich noch nicht verhört hat."

Besser hätte ich es selbst nicht zusammenfassen können …

„Lara hat dich bei ihrer Befragung mit keinem Wort erwähnt. Und anscheinend haben auch die anderen Kolleginnen dichtgehalten. Kein Wunder. Bogdani konnte niemand von uns ausstehen."

Im Laufe der nächsten Stunde berichtete ich Arnold von Bogdanis „Job", seinen persönlichen und Vermögensverhältnissen sowie – unter dem Siegel der Verschwiegenheit – von seinem Verhalten Milena gegenüber. Währenddessen verdunkelte sich der Blick meines Bruders immer mehr. Schließlich sah ich mich zur Stimmungsrettung genötigt, Bogdanis von mir inszenierten „Unfall" mittels Schädelprellung an der Badezimmerwand zu schildern. Es funktionierte. Arnolds Mund

und seine Augen verzogen sich kurz zu einem sehr befriedigten Lächeln.

Innerlich brachte seine Miene mein Herz zum Wummern. Es fühlte sich fast so man, als hätten wir eine Art gegenseitiges Einvernehmen oder wenigstens einen kurzen gemeinsamen glücklichen Moment. So, wie ich es mir mein Leben lang gewünscht hatte ... Freilich verbarg ich nach außen hin diese Regung mit aller Kraft. Auf keinen Fall wollte ich Arnold jetzt verschrecken! Dann sagte er etwas, das mich gleich wieder auf den Boden der Tatsachen zurückholte.

„Natürlich ist damit auch Milena eine Tatverdächtige."

Pause.

„Willst du sie selbst überprüfen, oder ..."

Sofort sagte ich zu, meine beste Kollegenfreundin zu durchleuchten. Allerdings hatte ich keine Ahnung, wie ich es anstellen sollte.

Das Klingeln der Türglocke erlöste mich. Nur Sekunden später erklang aus der gleichen Richtung ein rhythmisches Biep-biep-Biep, das an einen Wecker erinnerte. Aus dem Konzept gebracht, blickten wir beide zur Zimmertür.

„Drückst du bitte auf den Summer für unten?", bat er.

Dann setzte sich mein Bruder in Bewegung. Allerdings nicht nach links, zur Diele hin, sondern nach rechts zur Küche, die ebenfalls vom Wohnzimmer abging. Aha, der Piepser war wohl die Eieruhr, welche das Ende der Backzeit des Gerichtes verkündete, dessen herrlicher Duft gerade erst wieder in mein Bewusstsein drang.

Während Arnold lautstark am Herd hantierte, betätigte ich den Haustüröffner. Wenig später betrat Lara das Wohnzimmer. Sie hatte also bereits einen Schlüssel zu Arnolds

Wohnung, kündigte sich aber noch vorher von unten an.

Wenn ich bisher noch Zweifel gehegt hätte, dass das zwischen Lara und meinem Bruder etwas Ernstes ist, wären sie spätestens jetzt ausgeräumt. Seine Privatsphäre war Arnold immer schon extrem wichtig gewesen. Sein Zimmer in unserem gemeinsamen Elternhaus hatte ich wohl während seiner Kindheit insgesamt höchstens fünfmal betreten.

„Hallo Lara!", begrüßte ich sie erfreut. Bremste meine Begeisterung aber sofort wieder ein, als ich ihr Gesicht sah. Lara hatte geweint und machte insgesamt einen sehr erschöpften und verzagten Eindruck. Bevor ich sie fragen konnte, was denn los sei, kam mein Bruder aus der Küche und sie warf sich ihm in die Arme.

Er zog sie an sich und hielt sie fest. Gleichzeitig vergrub er sein Gesicht von oben in ihrem Haar, küsste sie auf den Kopf und sprach leise und beruhigend auf sie ein. Wie man ein Kind tröstet, das sich weh getan hat. Lara flüsterte, von Schluchzern unterbrochen, an seiner Brust, ihre Schultern bebten.

Auf einmal fühlte ich mich total überflüssig und so, als beobachte ich eine intime Situation im Leben eines anderen Menschen, die mich absolut nichts anging. Schon wieder eine neue Erfahrung! Kurzzeitig blickte ich verlegen zu Boden. Dann schlich ich in Richtung Wohnungstür. Gerade, als ich diese möglichst geräuschlos aufzog, rief mein Bruder mich zurück.

„Sascha … bleib doch zum Essen. Wir drei müssen reden."

Selbst wenn ich die Wirkung der Glücksgefühle abzog, die Arnolds Einladung in mir entfacht hatte, schmeckte die Gemüselasagne göttlich. Meine gierigen Blicke Richtung Auflaufform, ob wohl eine dritte Portion für mich drin war, ebenso wie die sehr häufig geleckten Lippen brachten Arnold verhalten zum Schmunzeln. Da Lara kaum Appetit hatte, fraß ich bis zum Platzen.

Nach Ende des Mahles, das mein Bruder mit einem herrlichen Pannacotta abgerundet hatte, war ich voll des Lobes.

„Dein Essen war spitzenklasse! Und das sag ich nicht nur in meiner Eigenschaft als Kochniete."

„Du bist auch Dir selbst gegenüber ehrlich – immerhin."

Ich wagte nicht, dieses eingeschränkte Kompliment zu kommentieren, nicht einmal in Gedanken.

Ein leichter Rotwein hatte das Essen – ob passend zum Gemüse oder nicht – prima abgerundet. Als Arnold mein Glas nochmal auffüllte, fühlte ich mich behaglich, beinahe so, als wären wir drei alte Freunde. Lara hatte sich inzwischen fast ganz erholt und begann zu erzählen.

„Der ältere Kommissar hat im Hotel angerufen und mich aufs Präsidium kommen lassen, unter dem Vorwand, ich müsse meine inzwischen abgetippte Aussage persönlich unterschreiben, und das heute noch. In Wirklichkeit wollten sie mich nur nochmal unter Druck setzen. Während ich meine Aussage auf Ihre Aufforderung hin nochmal durchgelesen habe, bearbeiteten mich die beiden Kommissare alle paar Sekunden abwechselnd, sehr eindringlich und mit grimmigem Gesichtsausdruck.

Ob ich mir beim zeitlichen Ablauf sicher sei, fragten sie. Sie heuchelten Verständnis dafür, dass ich eine *mörderische* Wut auf den Toten gehabt hätte. Er sei ja wohl wirklich ein Schwein gewesen. Der Kommissar, Herrlein, glaub ich, meinte, er könnte verstehen, wenn ich dem Bogdani spontan Gift ins

Essen geschüttet hätte, als ich mitbekommen hätte, dass er sich den kalten Teller aufs Zimmer bestellte.

„Sicher haben Sie diese Tat nicht im Voraus geplant. Sie haben nur die sich plötzlich bietende Gelegenheit genutzt. Aus Angst, dass Bogdani Sie wieder zu etwas zwingen könnte, vielleicht zu etwas noch Schlimmerem ... In diesem Fall wäre das Ganze kein vorsätzlicher Mord und die Richter wären da sicher mehr als gnädig", äffte sie den guten Toni gar nicht so schlecht nach.

Lara solle das von ihr angegebene Alibi doch noch einmal überdenken, hatte der Hauptkommissar in verschwörerischem Tonfall angefügt – so, als wolle er ihr einen guten Tipp geben.

„Wenn Sie gestehen, gibt das gleich noch mehr Pluspunkte für Sie im Prozess."

Meine arme Kollegin hatte am Schluss nicht mehr gewusst, wo oben und unten war, nur noch mit zitternden Fingern die Blätter mit ihrer Aussage unterschrieben, deren Inhalt sie nicht mehr wirklich wahrgenommen hatte. Wie eine aufgezogene Sprechpuppe hatte sie nur gefühlte hundert Mal wiederholt, dass sie zu der Zeit, als Bogdanis Essen mit Gift versetzt wurde, gerade unterwegs war zu Ihrem Freund, bei dem sie Punkt 20:30 Uhr angekommen sei.

11 Samstag – Unschuld vom Lande

„Ich kann doch nix dafür, dass mich dabei niemand gesehen hat! Und jetzt musste ich auch noch deinen Namen nennen – sonst hätten die mich womöglich gleich dabehalten und eingesperrt! Und jetzt kommen die bestimmt zu Dir!", rief Lara nun zu Arnold gewandt und war gefährlich nahe dran, erneut in Tränen auszubrechen.

„Wir werden den echten Mörder finden und dich entlasten", versprach ich hastig, um die Katastrophe abzuwenden. Und weil ich dem Wein während Laras Vortrag, schon aus Entrüstung, noch weiter zugesprochen hatte, fügte ich hinzu:

„Also, Ihr beiden, jetzt besprechen wir unser weiteres Vorgehen. Ich kenne den Lukas, Milenas Freund, also nehme ich ihn unter die Lupe und Ihr könnt …"

Zu spät sah ich, dass sich die Miene meines Bruders gefährlich verdunkelt hatte.

„Also doch. Du hast dich in all den Jahren kein bisschen verändert", zischte Arnold zwischen zusammengekniffenen Zähnen bedrohlich leise hervor.

„Du willst immer noch bestimmen, was andere zu tun und zu lassen haben, hältst dich für die Schlaueste und mich für bl…

„Nein! Ich wollte nicht …", setzte ich an.

Gleichzeitig spie mir Arnold entgegen:

„Mach, dass du r…"

„*Stopp!!!*" Lara war aufgesprungen und hatte dabei ihren Stuhl nach hinten umgekippt.

„Wir dürfen uns nicht zerstreiten!!"

„Wir werden es nur zusammen schaffen, meine Unschuld zu beweisen, Arnold", fügte Lara an meinen Bruder gerichtet, wieder ruhiger, hinzu.

„Wir brauchen Sascha, um im Hotel Spuren zu verfolgen und weil sie einen besonders guten Draht zu unserem Hauptkommissar hat …". Bei ihrem letzten Satz hatte mir Lara einen süffisanten Blick zugeworfen.

„Ich vertraue deiner Schwester, Arnold. Sie ist zuverlässig und stark. So wie du", ergänzte sie mit jetzt sehr sanfter Stimme und feuchten, unergründlich tiefen braunen Rehaugen.

Beschämt setzten Arnold und ich uns wieder. Auch wir waren anscheinend aufgestanden. Hatte ich gar nicht bemerkt. Auch Lara nahm wieder Platz. Weder den energischen Ausbruch noch ihre Bestimmtheit hätte ich meiner immer so verzagten Kollegin zugetraut. Man wächst wohl tatsächlich an seinen Herausforderungen.

Anschließend machte ich den Kotau in Bezug auf mein Verhältnis mit Kommissar Herrlein. Ich versprach hoch, heilig und wahrheitsgemäß, dass ich Lara niemals an die Polizei verkaufen würde, egal, wie ernst es mit Toni wurde. Diesmal half mir Arnolds Wissen darüber, wie stur ich sein konnte. Und wie skrupellos …

Da wies uns Lara auf einen möglichen Stolperstein hin.

„Bist du denn auch bereit, Sascha, deinen Kommissar zu belügen? Denn er wird dich zweifellos fragen, warum du ihm nicht gesagt hast, dass ich die Freundin deines Bruders bin. Und ich seh nur eine Möglichkeit, wie du unbeschadet aus der Nummer rauskommen kannst: indem du dem Mann vormachst, dass du das bis gerade eben nicht gewusst hast."

Null problemo. Ein Blick zu Arnolds dreckigem Grinsen zeigte mir, dass er dasselbe dachte. Da hatte Lara den Nagel auf den Kopf getroffen! Eigentlich hätte ich selber draufkommen müssen – was war nur los mit mir?!

Als Zeichen der – zumindest vorübergehenden – Versöhnung, schlug mein Bruder vor, eine Liste der möglichen Verdächtigen aufzustellen. Danach könnten wir ja unter uns aufteilen, wer welchen der potentiellen Mörder unter die Lupe nahm. Arnolds strenger Blick zu mir ließ keinen Zweifel daran, wem er dabei die gefährlichsten Observationen zugedacht hatte.

„Also gut!", rief ich in die Hände klatschend und munterer, als mir zumute war. Ich hatte einfach Angst, irgendwas zu sagen, was er mir wieder übelnahm. Oh Mann, war das anstrengend mit dem Sozialen und der Rücksichtnahme! Ich wünschte mir mein unüberlegtes Hau-Drauf-Selbst zurück!

Schließlich wiederholte ich für Lara die Namen und Infos, die Arnold bereits kannte: Hanno Hetzenauer von der Mafia, Bogdanis Job als Waffen- und Weiß-der-Geier-noch-was-Händler, et cetera pp.

Auch Lara hatte Neuigkeiten für uns. Die Feddersen, mittelalte ledige Geschäftsführerin mit Hamburger Dialekt, hatte ein Verhältnis mit dem Toten. Also, zu dessen Lebzeiten. Und wohl auch schon seit ein paar Jahren – so lange, wie Bogdani, jeweils für ca. drei Wochen, bereits im Zenz residiert hatte. Damit tat sich ein neues Motiv auf. Hatte die gute Anke-Jette schließlich herausbekommen, was für ein Schürzenjäger ihr Geliebter war und es ihm mit einem kräftigen Giftcocktail heimgezahlt? Vielleicht hatte sie sich vorgemacht, irgendwann Mrs. Bogdani Nummer vier zu werden?

Rasch einigten wir uns darauf, Lara auf die Feddersen anzusetzen. Sie war ziemlich unauffällig – ganz sicher unauffälliger als ich – und wenn sie allzu oft in der Nähe der Feddersen oder der Brax, die regelmäßige Schwätzchen miteinander hielten, erwischt wurde, konnte sie überzeugend vorbringen, nach all den Geschehnissen voller Angst und Unsicherheit zu sein, wenn sie alleine war. Würde ihr jeder glauben. Einfach, weil es tatsächlich stimmte, sie war so ein Typ. Aber eben nicht nur, wie ich im Laufe dieses Abends immer mehr feststellte.

Beim Durchforsten der Gästeliste mit den 11 während Bogdanis jetzigem Aufenthalt anwesenden Parteien war uns aufgefallen, dass der König von Katarrh samt Familienclan während Bogdanis erster Woche ebenfalls im Zenz gewohnt hatte und die beiden ziemlich oft ins Gespräch vertieft gesehen worden waren. Lara erinnerte sich, dass beide schon im Jahr davor im Hotel residiert hatten, wusste aber nicht mehr genau, ob zur selben Zeit. Die Aufgabe, das herauszufinden, war nach kurzer Diskussion mir zugefallen. Laras nervlicher Zustand hätte es ebenso wie ihre durchschnittlichen IT-Kenntnisse nicht erlaubt, ins Büro der Hotelmanagerin zu schleichen und deren PC zu knacken. Und Arnold, der sich durchaus mit PCs auskannte, gehörte weder zum Hotelpersonal noch zu den Gästen, würde also im Zenz auffallen wie ein bunter Hund.

Lara stellte uns die übrigen Gäste auf der Liste vor, die sie bereits aus dem Gedächtnis zusammengestellt hatte! Da waren die Kinder, Enkel, Neffen/Nichten plus Anhang eines lokalprominenten Münchner Wirts-Ehepaars, das vor einer Woche goldene Hochzeit gefeiert hatte. Diese insgesamt vier Familien waren aus ganz Deutschland angereist, eine versprengte Verwandte sogar aus London.

Weil die ebenso großzügigen wie vermögenden Jubilare, deren Bierzelt seit Äonen jährlich das Oktoberfest zierte, den Hotelaufenthalt all inclusive bezahlten, wollten alle Ableger noch eine Woche München dranhängen. Die hatten sie sich bestimmt spaßiger vorgestellt. Nach intensiver Befragung durch externe Kollegen von Toni schon bald von jedem Verdacht freigesprochen, hatte die ganze Sippschaft bereits am Donnerstag ihr Heil in der Flucht gesucht. München, die Stadt mit Herz. Nachdem die Polizei die Brut für harmlos erachtet hatte und wir eh nicht so ohne Weiteres an sie herankommen würden, gingen wir mal fürs Erste von ihrer Unschuld aus.

„Als Nächstes hab ich hier den Felice Krull", fuhr Lara fort. „Soll ein bekannter Schauspieler sein – nie gehört – der zum Dreh einer Soap im Geiselgasteig für ein paar Tage eingeflogen wurde. Ich hab schon ein bisschen unauffällig rumgefragt, keine von unseren Kolleginnen hat den je in der Nähe von Bogdani gesehen. Ich musste nur auf Teenie-Schwärmerei machen, kicherte Lara:

„Meeensch, hast du den *Krulll* gesehen, der ist ja sooo süüüß …" mit ordentlich Schmalz in der Stimme und Wimpernklimpern, dann hab ich von den Kolleginnen praktisch ein Stundenprotokoll der zehn Tage bekommen, die der schon da ist. Er war so ziemlich ständig weg. Tagsüber am Set, abends beim Feiern. In der Tatnacht ist er um 23 Uhr ins Hotel zurückgekommen, ziemlich angetrunken und in Begleitung zweier einschlägig bekleideter Damen."

Jetzt war ich doch etwas geschockt. Wie konnte ich dieses Mädel nur jemals für harmlos gehalten haben! Lara, mir graut vor Dir. Arnold hingegen starrte *seine* Lara mit weit aufgerissenen Pupillen an, in denen sich Bewunderung und Liebe den Platz streitig machten. Könnte man fast neidisch werden …

„Das Dumme ist nur", fügte ich an, schon um uns alle wieder auf den Teppich der Tatsachen runterzubringen, „dass das Schauspielsternchen, wie alle Gäste, von Tonis Kollegen außerhalb des Hotels befragt worden sind. Deshalb wissen wir nix darüber, wie stichfest deren Alibis sind oder wer von denen weiter zu den Verdächtigen zählt. Mir wird wohl nichts anderes übrigbleiben, als irgendwie nochmal an einem der Polizei-PCs anzudocken …"

„Du könntest deinem Polizisten-Lover ja beim „Wein danach" in durchwühlten Laken etwas Rohypnol ins Gesöff kippen, um dann seine Dateien zu sichten", war Arnolds konstruktiver Beitrag zur Lage. Jetzt blitzten seine Augen bösartig. Um des lieben Friedens Willen ignorierte ich auch diese Provokation und kehrte zurück zur Liste. Als ob ich für solch eine Aktion eine Betäubung bräuchte!

Drei weitere Personen hatte Lara auf ihrer Liste:

Ein europaweit berühmter Klaviervirtuose, Yang Yang, der zu ein paar Auftritten in der Philharmonie des Gasteig nach München gekommen war. Den sollte Arnold überprüfen, da er jemanden aus der Gastronomie des Kulturzentrums von seiner Ausbildung her kannte.

Außerdem zwei ranghohe Vertreter eines bekannten Bayrischen Autobauers, die den üblichen, für derlei Gäste dauergemieteten Luxuswohnungen im Lehel diesmal das Zenz vorgezogen hatten, weil es ihnen empfohlen worden war. Die hatten am fraglichen Abend mit zwei ebenso kultiviert hübschen wie jungen Damen diniert und sich dann mit denselben auf ihre nebeneinander liegenden Zimmer zum … Rommé-Spielen zurückgezogen. Um deren Alibi sollte Lara sich auch kümmern. Allerdings hatten sie, da nur zur Aktionärsversammlung angereist, längst wieder ausgecheckt.

Die Namen der restlichen zwei Personen, die während der ersten Bogdani-Woche im Zenz gewohnt hatten, kannte Lara nicht. Immerhin war es möglich, dass sie das Terrain sondiert hatten und später zurückgekehrt waren, um zuzuschlagen. Sie waren im 3. Stock untergebracht gewesen, wo Lara bis kurz vor Bogdanis Tod lange keinen Dienst gehabt hatte. Und nach denen wollte sie die Kolleginnen nicht auch noch fragen, sonst wäre es aufgefallen. Also sollte auch nach denen die liebe Sascha in fremden Dateien suchen – am besten im Laptop des Herrn Herrlein.

Wir planten und diskutierten noch bis die Vögel anfingen zu zwitschern, bevor ich mich auf den Heimweg machte. Gott sei Dank hatte ich morgen frei!

12 Sonntag – Heiße Recherchen

Gleich am folgenden Tag war das Glück mir hold. Nachdem er bereits um schändliche 11 Uhr morgens Sturm und mich aus dem Bett geläutet hatte, stand Toni vor meiner Tür.

„Heute sind die Kollegen dran und ich hab frei!", verkündete er viel munterer als ich mich fühlte.

Er strahlte frisch wie aus dem Ei gepellt und roch genau im richtigen Verhältnis nach herber Männlichkeit und einem nicht eben billigen Rasierwasser. Trotz meiner Übernächtigung schlugen sofort die Hormone an. Ich packte ihn mit der rechten Faust in Brusthöhe an seinem eng anliegenden T-Shirt und zog ihn, wie er – beziehungsweise ich – war, in die Wohnung und ins Schlafzimmer, puhlte ihn wortlos aus den Klamotten und ließ ihn willig über mich herfallen.

Gegen späten Nachmittag wirkte mein stolzer Hengst ziemlich ausgelutscht und schnarchte im Takt des Gerechten. Ich hingegen war inzwischen wieder wacher und erinnerte mich daran, dass Toni zwischen unseren ... erotischen Akrobatik-übungen eingeworfen hatte, er müsse heut Abend unbedingt noch ein paar Ergebnisse im Mordfall nachlesen und habe deswegen seinen Laptop dabei, ich solle ihm nicht böse sein. Ach, ich doch nicht!

Ich schlich wie Gott mich schuf aus dem Bett, schloss unendlich langsam und leise die Schafzimmertür und steuerte auf die schmale Tasche zu, die mein Lieblingspolizist in der kleinen Diele aus Gründen der Priorität hatte stehenlassen. Vorsichtig öffnete ich sie, entnahm ihr ein Notebook – schickes kleines Teil – und setzte mich damit an meinen Mini PC-

Tisch, der quer zur Wand steht, wodurch ich die Schlafzimmertür im Blick hatte.

Tonis Passwort war natürlich keine Herausforderung. Jetzt mal ernsthaft. Dieser Mann war intelligent, das hatte er in unseren Gesprächen und den Befragungen bewiesen. Freilich war er auch sexy, unterhaltsam, vertrauenswürdig, respektvoll gegenüber anderen (wenn er sie nicht gerade vernahm) und sah verdammt gut aus. Ich fühlte mich wirklich wohl mit ihm und merkte gerade, dass ich dabei war, mich in ihn zu verlieben. Er …quatsch! Darum ging es jetzt doch gar nicht! Ich wollte gerade denken, dass der Mensch wirklich etwas im Kopf hatte, so wie vermutlich einige weitere seiner Kollegen – und dann *so* ein Passwort. Jedes *Schulkind* könnten es knacken! Brachte mich der Kerl inzwischen so durcheinander, dass ich nicht mehr gerade denken konnte? Oha! Na, mal schauen.

Als erstes zog ich alle Dateien zum Fall auf einen Stick, der gleich darauf wieder in einer kleinen farbenprächtigen Toms Drag Box verschwand. Ich wusste ja nicht, wieviel Zeit mir blieb, bis Mr. Wonderful aus seinem komatösen Schlaf erwachte. Und nur so konnte ich neue Dateien, etwa die Vernehmungen verschiedener Hotelgäste, sowie etwaige neu hinzugefügte Informationen in den mir schon bekannten Dateien sicherstellen.

Mir fiel ein, dass ich zu Bogdanis Familie noch nicht viel gelesen hatte, weshalb die Neugierde mich ritt, einen Blick auf die entsprechenden Seiten zu werfen. Aha. Besart Bogdani hatte zu Lebzeiten zahlreiche Kontakte zum organisierten Verbrechen gehabt, auch in unserer schönen Landeshauptstadt. Mit Hanno Hetzenauer, einem Vollstrecker der Branche, hatte er seit Jahren immer wieder mal zu tun gehabt. Hetzenauers

Name ist ein paarmal in alten Polizeiakten aufgetaucht, in Zusammenhang mit dem plötzlichen Verschwinden von Personen, die unter anderem Bogdani in die Quere gekommen waren!

Leider hatten beide Männer für die jeweilige Tatzeit stets bombenfeste Alibis. Könnte es sein, dass Bogdani selbst diesmal Hetzenauers Zielperson war? Leicht möglich. Aber warum ist Hanno dann so blöd und lässt sein Handy eingeschaltet, sodass ihn jeder orten kann? Vielleicht hat ers einfach vergessen. Steht ja jeder mal neben sich.

Da schau her! Die Ehefrau unseres Kriegsspielzeugvertickers hätte zwar im Falle einer Scheidung durch einen Ehevertrag keinerlei Ansprüche auf sein Vermögen gehabt, durch seinen Tod jedoch erbt sie alles. Scheint's hat der Gute nicht mit einem solch frühzeitigen Ableben gerechnet und deswegen kein Testament gemacht. Ganz schön naiv für einen aus der Branche. Oder einfach überheblich und größenwahnsinnig – so ist er ja auch rübergekommen.

Die nunmehr steinreiche Gattin scheint die Todesnachricht ziemlich gelassen aufgenommen zu haben, hatte sich gleich drangemacht, eine recht pompöse, aber wenig gefühlvolle Trauerfeier zu organisieren. Der Göttergatte sollte wohl, sobald die Polizei seine sterblichen Überreste freigab, nach Kodrasej in Albanien ins Familiengrab überführt werden. Laut OpenStreetMap ist das ein kleines Dorf im Südwesten der Hauptstadt Tirana. Dort würde er dann in Frieden ruhen und in angenehmer Entfernung vom Hauptwohnsitz der lustigen Witwe in Zürich.

Wo übrigens auch die restliche Familie von Bogdani residierte: zwei Brüder, ein Onkel plus Frau, zwei Nichten, ein

Neffe. Auch diese – immerhin Bluts- – Verwandten schienen auf Besarts finale Abberufung nicht gerade schmerzgebeugt reagiert zu haben. Trotz der Großzügigkeit des Meisters, der sie in seinem Palast – anders konnte man das Zü'rcher Anwesen nicht nennen – hatte sorgenfrei leben lassen. Aber wenn er zu denen so charmant gewesen war wie zu uns, hatte er ihnen seine Güte womöglich täglich aufs Butterbrot geschmiert.

Wäre es nicht eine leichte Übung für Madame Bogdani die Dritte gewesen, einen Mörder zu verdingen? Bei all der Knete, die sie erwartete, hätten die harten Kerle für den Job sicher Schlange gestanden … Andererseits, wenn Besart so gut Freund mit der Mafia war … Mit der legte man sich lieber nicht an, oder?

Plötzlich ging die Schlafzimmertür auf. Ich erstarrte zu einer Steinskulptur, Venus am PC, und wagte nicht, zu atmen. Toni kam ins Bild, dehnte und streckte sich wohlig, rieb sich ausgiebig die Augen und sah mir dann direkt ins Gesicht. Oh. Mein. Gott. Was sollte ich ihm bloß sagen, was ich hier tat! Normalerweise brauchte ich nur Sekunden, um mir eine passende Ausrede einfallen zu lassen, aber jetzt versagten meine Fähigkeiten. Hatte man davon, wenn man sich emotional einließ! Verdammt!!

Wenn ich ihm die Wahrheit sagte, und das würde ich wohl müssen, wäre ich ihn los. Adieu Herr Superkommissar, adieu treue Hundeaugen, tschüss lustvolle Orgien, Ende mögliche Beziehung. Nein! Das wollte ich nicht. Während mir verschiedene Formen eines Kotaus durch den Kopf schossen – mich zu seinen Füßen werfen, nackt, wie ich war (…), ihm alles gestehen von meinen heimlichen Ermittlungen (auf keinen Fall!), kam er langsam auf mich zu, bog vier Meter vor mir abrupt rechts ab und verschwand im Badezimmer.

Er ... er hatte mich nicht gesehen!? Uff!!! Erleichterung durchströmte mich wie ein Tsunami. Sofort drängten sich mir Erklärungen für das Warum auf: Trug er vielleicht Kontaktlinsen, ohne die er praktisch blind war? Hatte er mich sehr wohl gesehen, aber sein Unterbewusstes hatte aus dem Stand entschieden, dass seine neue Flamme keinesfalls eine skrupellose Spionin sein konnte und die Verbindung zum Gehirn gekappt? Oder war er einfach noch so geplättet von unseren Schlafzimmeraktivitäten? Nunmehr drängte sich das Geräusch einer betätigten Toilettenspülung in mein Bewusstsein. Ich durfte keine Sekunde länger hier herumtrietscheln!!

In fließender Superquick Motion und trotzdem so leise ich konnte, knallte ich den Laptop zu, raste zur Minidiele, stieß ihn in Tonis Tasche, rammte die Schließe in den Verschluss, wirbelte herum, peste in die Küche und machte mich am Wasserkocher zu schaffen. Mit aller Willenskraft bemühte ich mich nun, da sich hinter mir Schritte näherten, demonstrativ entspannt den Behälter mit Wasser zu füllen und gleichzeitig meinen rasenden Puls und Atem unter Kontrolle zu bringen. Der kalte Wasserschwall, den ich, statt in den Kocher über meine Handgelenke laufen ließ, eilte mir zu Hilfe.

„Du gießt ja alles daneben. Haben dich die Stunden mit mir so durcheinandergebracht?", gurrte Tonis Stimme direkt in mein linkes Ohr.

Es lebe der männliche Größenwahn! Leider war dieser Gedanke erst meine zweite Reaktion. Die erste war, dass mir der Wasserkocher entglitt und mit einem unschönen metallischen Geräusch am Boden des Spülbeckens aufschlug.

„Warum bist du so nervös?" fragte jetzt der Bulle, nicht der Lover und legte seine Hand täuschend besänftigend auf meine Schulter nahe dem Schlüsselbein, sodass er ganz nebenbei meinen Puls messen konnte. Verdammt, warum musste ich mir auch einen Polizisten angeln, einen guten noch dazu!

„Mann, *musst* du mich so erschrecken! Ich hab dich nicht kommen hören.", erklärte ich kurz (nur nicht zu ausführlich, das klingt nach Rechtfertigung!).

Jetzt konnte ich mir mit Fug und Recht an die Brust greifen und meine erhöhte Herzfrequenz passte zur Situation! In diesem Moment schaute Toni mir direkt in die Augen und ich sah berufsbedingtes Misstrauen darin aufblitzen. Aber nun hatte ich mich wieder im Griff. Du bist erst seit knapp 15 Jahren ein Cop, dachte ich, aber *ich* bin schon seit meiner Geburt verschlagen, hinterlistig und eine Meisterin der Täuschung! Ich setzte meinen besten Outknocked-durch-einen-superheißen-Liebesnachmittag-Blick auf und ließ mich scheinbar entkräftet und dümmlich grinsend in seine Arme sinken.

Das Braun seiner Augen verschmolz mit den Pupillen zu flüssiger Schokolade, er zog mich an sich und gab mir einen leidenschaftlichen Kuss. Hah!! Unmerklich zu triumphieren ist übrigens gar nicht so einfach. Erst jetzt schien Toni aufgegangen zu sein, dass ich im Evaskostüm vor ihm stand. *Wer* ist hier grad gaga?! Seine Hände bewegten sich nun beide tastend auf mir herum, allerdings nicht zur Pulskontrolle. Langer Rede kurzer Sinn – das Abendessen wurde einstweilen verschoben.

Nach dieser weiteren Runde wurde Toni ernst. Seinen durchdringenden Blick erwiderte ich mit nichts als fragender Unschuld, denn ich ahnte bereits, was kommen würde. Aufgepasst, Saschelchen, jetzt ist hohe Schauspielkunst gefragt!

„Warum hast du mir nicht gesagt, dass dein Bruder der Freund von Lara Pfeiffer ist?"

Bei diesen Worten beobachtete Toni mich ganz genau, dem würde keine Regung entgehen. Also tat ich ihm den Gefallen. Ich wandelte meine leichte Aufregung geistig in Verblüffung um und sagte, erst nach einer kurzen Verzögerung, während der ich mein Gesicht ausdruckslos, sozusagen „brainless" werden ließ (eine meiner Spezialitäten!):

„Wie, die Freundin von … – Arnold?! *Mein* Bruder Arnold ist mit meiner Kollegin Lara zusammen?! Das gibts doch nicht."

Klang ich überzeugend, oder was!

„Vielleicht verstehst du nicht, warum ich so verwundert bin über diese Nachricht", fügte ich nach einer angemessenen Pause hinzu.

Ich erzählte Toni die Kurzfassung zu unserem Geschwisterverhältnis – es klingt immer überzeugender, Wahrheiten mit … *Fast*wahrheiten zu mischen – und endete mit einer ebensolchen Beinaherealität.

„Ich bin dann mit 19 von daheim ausgezogen, hatte aber noch bis zu Arnolds 7. Lebensjahr regelmäßig Kontakt zum Elternhaus und zu ihm. Nach dem Patzer mit dem Therapeuten hab ich Arnold dann nicht mehr gesehen, bis er mir vor ein paar Tagen in der Küche des Zenz über den Weg gelaufen ist."

„Wir hatten uns 13 Jahre lang weder getroffen noch voneinander gehört. Ich war so überrascht, dass ich nicht einmal gefragt habe, was er dort wollte. Georg, unser Koch, hat mir später erzählt, dass er und Arnold beruflich befreundet sind, das hat für mich plausibel geklungen."

„Frag Georg, wenn du mir nicht glaubst", fügte ich hinzu, denn in Tonis Augen lag noch Restmisstrauen.

Zugegeben, mit Georg als Zeugen lehnte ich mich weit aus dem Fenster. Aber ich vertraute darauf, dass ich Toni schließlich um den Finger wickeln würde. Und wenn nicht, glaubte ich Georg so weit zu kennen, dass er keine Informationen über mich preisgab, die sich vermeiden ließen. Da waren wir irgendwie vom selben Schlag.

„Aber warum fragst du überhaupt? Was hat Arnold mit all dem zu tun?", drehte ich den Spieß nun um und wartete auf Antwort. Die gab mir mein Bullen-Lover erst nach einer Bedenkzeit und etwas widerwillig.

„Er ist aufs Kommissariat marschiert und hat deiner Kollegin Lara ein Alibi für die Tatzeit verpasst."

Klang nicht so, als wäre Toni-Schätzchen davon begeistert.

„Aber was ist schon das Alibi eines verliebten Trottels wert …", murmelte er danach noch kaum hörbar in seinen nicht vorhandenen Bart.

13 Montag – Schmieröl und Schwyzerdütsch

Die KFZ-Werkstatt Sauerbier erreichte man vom Hotel aus zu Fuß in fünf Minuten, wenn man es nach rechts verließ und nach Kurzem schräg rechts in die Ungererstraße einbog. Dort fand man den hauptsächlich auf TÜV-Zertifizierungen spezialisierten kleinen Betrieb nach ca. 50 Metern ebenfalls auf der rechten Seite.

Ich hoffte, dass die gegenüberliegende evangelische Erlöserkirche ihrem Namen, was Milenas Freund Lukas anging, gerecht wurde. Dessen Alibi zu überprüfen war schließlich doch mir zugefallen und ich hatte mir dazu eine kleine List ausgedacht. Da die Mini-Werkstatt im Prinzip aus Lukas und seinem Chef bestand, arbeiteten die beiden oft im Akkord die vorbeigebrachten Autos der Kunden ab und im Moment kam Lukas meist nicht vor 21 Uhr aus seinem Blaumann. Tja, die Mieten in München sind extrem, auch für Gewerbeimmobilien, und Schwabing ist von jeher ein teures Pflaster.

Die letzten Meter schlich ich mich an. Gut, dass das kleine Grundstück von einer dichten Hecke umschlossen war. Ich wartete, bis Lukas die Garage mit der Hebebühne in Richtung Toilette verließ und steuerte sofort auf seinen Chef zu. Da er mich von zwei Besuchen mit Milena her kannte, konnte ich schnell auf den Punkt kommen.

„Grüß Gott Meister Sauerbier. Ich will mir ein Auto zulegen und vielleicht könnte der Lukas vor dem Kauf mal ganz kurz nachschauen, ob das Ding was taugt. Ich war letzten Dienstagabend schon mal da, so kurz nach 20 Uhr. Hab Lukas gesucht, konnte ihn aber nicht finden."

„Des kann net sei. Mir hamm die ganze Woch scho an Betrieb, als obs de Autos zurzeit umsonst gabad. Und da Lukas is aa die ganze Zeit dagwesn, bsonders am Dienstag Abnd. Da hot nämlich die Frau Professor von da Villa nebendran ihrn Rolls inspiziern lassn. Die hat vielleicht a Gschieß gmacht, dass ma ihr ja koan Ölfleck einimacha in die hellen Lederpolsta, i sogs da! Da hob i nur den Lukas alloa dranlassn, der hat die oide Schäsn mit seim Charm bei Laune ghaltn.

Ganz wichtig hat ses ghabt, „Luukas, pass auf" und Luuukas, nichts dreckig machen, gell!" grufn. Dabei hot's sich ständig die Händ vors Gsicht gschlagn und mit die Arm grudert dass'd scho Angst hast habn müssn, sie falln ihra ab. Guat, dass i mitm Rückn zu ihr gstandn bin, so hats net gsehn, wie i die Augn verdraht hob. Jednfalls hat da Lukas von hoib Acht bis hoibe Neine mit derer ihrm Scheißkarrn rumgmacht.

Wenn olle Kundn so an Zirkus macha tatn, könnt i die Werkstatt zuamacha. Des tat si net mehr lohnen!"

Ich hatte erfahren, weshalb ich gekommen war, erklärte das Ende meiner Arbeitspause für gekommen und machte mich mit dem Versprechen, den Lukas doch lieber privat zu behelligen, schnell aus dem Staub.

Als Toni sich am Abend desselben Tages endlich zu mir aufs Sofa gesetzt und einen großen Schluck Rotwein getrunken hatte, berichtete er seufzend.

„Mein Gott, der Polizeipräsident hat uns vielleicht die Hölle heiß gemacht. Der Fall ist politisch geworden. Der König von Katarrh – du weißt schon, der reiche Scheich, der mit seiner Familie eine Zeit lang zusammen mit Bogdani in eurem Hotel gewohnt hat – ist wohl ein alter Geschäftspartner und Freund von ihm gewesen. Jedenfalls hat er mit einem diplomatischen GAU gedroht, falls der Mord an Bogdani nicht restlos aufgeklärt wird. Heißt in diesem Fall, Deutschland könnte das Erdöl aus der Region Katarrh abschreiben, und das wohl ziemlich plötzlich. Die Kanzlerin steht Kopf und hat den Polizeipräsidenten massiv unter Druck gesetzt. Und den gibt der jetzt an mich weiter.

Ich muss also leider schon morgen früh in die Schweiz fliegen, um Frau Bogdani und der restlichen Familie auf den Zahn zu fühlen! Tut mir echt leid."

„Aber mein Süßer, das versteh ich doch", beruhigte ich meinen Knuddelbullen.

„Allerdings find ich es auch ziemlich schade. Besonders, weil ich doch morgen Geburtstag hab!", fügte ich rasch an, weil mir eine geniale Idee ins Gehirn geschossen war.

„Ich hatte es mir sooo schön vorgestellt, mit Dir zu feiern", gurrte ich.

„Nur wir zwei. Angefangen hätten wir mit einem supergeilen Frühstücksbuffet in einem exklusiven Café. Danach wären wir zu mir nach Haus gegangen und hätten … privat weitergefeiert. Irgendwann hätten wir uns ein Wahnsinns Menü kommen lassen, hätten Rotwein geschlürft und den Tag vielleicht Arm in Arm bei einem romantischen Dämmerungsspaziergang im Englischen Garten ausklingen lassen."

„Oh entschuldige!", bedauerte ich, und blickte aufrichtig erschrocken in die betrübte Miene meines Herzblatts.

„Ich wollte Dir kein schlechtes Gewissen machen. Du kannst ja überhaupt nichts dafür. So ist das in deinem Beruf eben, immer auf Abruf. Damit werde ich schon klarkommen.

Ganz bestimmt ... Ich wünsche Dir eine gute Reise ins mondäne Zürich in der wunderschönen Schweiz."

„Ich werde sicher gar nichts von der Stadt sehen und mich überhaupt nicht amüsieren, das wird keine Vergnügungsreise, das ist rein beruflich, vergiss das nicht!", stammelte Toni unter Vertiefung seiner Sorgenfalten.

„Ich hätte sehr gern mit Dir Geburtstag gefeiert", setzte er nachdrücklich hinzu.

„Ich werde dich vermissen, mein Schatz", hauchte ich ihm ins Ohr und knabberte ein bisschen daran herum.

„Dann musst du ja jetzt auch heim und packen", ging ich plötzlich recht nüchtern zur Tagesordnung über und rückte von ihm ab.

„Du Armer!"

„Wenn dein Flieger nicht zu früh geht, kann ich dich ja vielleicht zum Flughafen begleiten. Dort könnten wir wenigstens noch einen Tee zusammen trinken. Und als Geschenk kaufst du mir eine Kleinigkeit aus dem Duty-free-Shop ..."

Nun ließ ich meinem Schatz ein bisschen Zeit zum Garen und Nachdenken, während ich traurig an meinem Rotwein nippte. Es dauerte eine ganze Weile, aber schließlich traf meinen Hauspolizisten die Erleuchtung.

„Hey, und wenn du mitkommst in die Schweiz? Ist zwar nur ein Tagestrip, aber nach meinem Besuch in der Villa Protz, den ich schon für den späten Vormittag ausgemacht hab, könnten wir noch etliche Stunden durch Zürich schlendern und irgendwo schick essen gehen! Wir nehmen dann einfach einen ganz späten Flieger zurück — war halt in den früheren Maschinen nix mehr frei. Das ist mein Geburtstagsgeschenk: ein Tag Zürich mit Abendessen! Was meinst du?"

Toni blickte mich an wie ein Kind, das gerade die schwierigste Matheaufgabe des Jahres gelöst hatte und jetzt von der Lehrerin fünf Fleißsternchen erwartete. Ich tat ihm den Gefallen, hob den Kopf und riss meine Kulleraugen voll auf. In Zeitlupe verzog sich meine Miene zu einem Lächeln, das in einem veritablen Strahlen und einem lustvollen Aufschrei endete.

„*Jaaa!* Das machen wir! Oh *danke*, mein Schatz, *danke*!!"

„Mia fahret zum Ässä ind Schwyz!!!"

Ich warf mich Toni entgegen und knutschte ihn nieder.

Männer. Wirklich. Man muss ihnen ein ums andre Mal auf die Sprünge helfen …

14 Dienstag – Über den Wolken …

Wir saßen am „München Franz-Josef-Strauß" (!) in der economy class der LH Cityline 3366 und der Pilot informierte uns geradezu euphorisch über die herrliche Wetterlage am Ankunftsort, den wir bereits in 55 Minuten erreichen würden. Kein Wunder, denn hier in unserer geliebten bayrischen Hauptstadt regnete es mal wieder. Ist ja sonst eher die verlässliche Wetterlage, wenn man aus dem Urlaub nach München zurückkommt …

„Bla bla bla … bla bla blubb … 20 degrees centigrade bla bla … partly clowdy skies … Because of the short flight route we are flying in a low hight of 22.960 feet … (hmm, mal 0,3048 = knapp 7000 Meter) …wish you a pleasant flight!"

Endlich haben wir Starterlaubnis bekommen und rollen zur Piste. Eine schwungvolle Linkskurve später gleiten wir auf unsere Startposition.

Dort verharrt der Riesenvogel zunächst schweigend, dann lässt er plötzlich seine 300 Stundenkilometer Startpower *im Stand* hochtouren. Du spürst die Kraft der Maschine durch den ganzen Körper pulsieren. Gerade noch zurückgehaltene Megakraft. Ein bis zum Äußersten an seinen Fesseln zerrendes Raubtier.

Dann gibt der Pilot den Startschuss, die wilde Bestie vibriert noch eine Sekunde lang, schießt dann nach vorn, beschleunigt, beschleunigt, *b e s c h l e u n i g t*, du wirst in den Sitz gepresst, nach hinten, hinten und endlich auch nach unten, wenn der Gigant die Schnauze vom Boden hebt und in die Luft springt. Das ist der Moment, den ich am meisten liebe. Jedes Mal bin ich dabei so aufgeregt wie ein kleines Kind!

Auch Toni war gerade aufgeregt, wenn auch aus anderen Gründen. Weit weniger angenehmen Gründen – er hatte nämlich Flugangst. Mein Lieblingskommissar hatte eine halbe Stunde vor dem Start eine Beruhigungstablette der Marke Knockout eingeschmissen und versuchte jetzt krampfhaft, zu schlafen. Er hielt die Augen geschlossen, eher zugepresst, und dachte vielleicht an eine grüne Sommerwiese in lauer Brise oder so. Allerdings sah es eher nach einem tonlosen Mantra aus: „Alles gut, Alles Gut, ALLES GUUT!!

Die Schachtel mit seinen „Rohypnol"-Pillen lag vor Toni auf dem Klapptischchen, falls sich die verabreichte Dosis als zu niedrig erweisen sollte. Toni Darling musste schon öfter geflogen sein – von den zwei Blistern in der Medi-Packung war einer schon fast zu zwei Dritteln leer. Ich hätte meinem Herzblatt jetzt gern das Pfötchen getätschelt, aber Toni hatte mich angewiesen, ihn am besten komplett in Ruhe zu lassen.

So verfolgte ich, nachdem ich des Aus-dem-Fenster-Glotzens müde geworden war, das spannende Schauspiel des im Schneckentempo durch den Mittelgang geschobenen Getränkewagens. Highlight der Vorstellung war die Frage der Stewardess, die das Gefährt zog, was ich denn zu trinken wünschte – ein Getränk sei umsonst. Ich nahm einen O-Saft auf Eis.

Dann fiel mein Blick auf den Mann, der alleine in der nächsten Sitzreihe saß, auf dem Sessel vor Toni. Er hatte die andere Flugbegleiterin am Kopfende des Wagens um ein Glas Mineralwasser gebeten. Durch den Spalt zwischen den Rückenlehnen konnte ich ihn ziemlich gut sehen, denn er hatte seine Lehne etwas nach hinten geklappt. Falls das zur Entspannung dienen sollte, hatte es nicht gewirkt. Mann, *der* war vielleicht gestresst. Gegen den hielt sich Toni ja wacker wie Tom Cruise.

Ob ich ihm eine von den Happy Pills anbieten sollte? Lieber nicht. Im Fach Unterstützung hilfebedürftiger Männer war ich – siehe Arnold – schließlich eine Niete. Also behielt ich den armen Kerl nur beiläufig im Auge, um gegebenenfalls rechtzeitig eine sicher viel kompetentere Stewardess zu rufen. Wie ich ihn so betrachtete, fand ich allerdings, dass er sich nicht normal benahm. Also, auch nicht normal für einen flugpanisch gebeutelten Menschen. Andauernd zog er sein Handy aus der Jackentasche, checkte es auf neue Nachrichten – unser Flugzeug war mit WLAN ausgestattet. Danach sah sich der Typ immer verstohlen um und behielt vor allem die Flugbegleiter ständig im Blick.

Beim xten Handyscan hatte er wohl die erwartete Nachricht erhalten, denn es durchzuckte ihn ein leichter Stromstoß. Sofort schnallte er sich ab, stand auf und wandte sich im Gang nach rückwärts zu der Toilette, die deutlich weiter weg lag, als die vorne Richtung Cockpit. Ich bin zwar nicht der feinfühligste Mensch, das gebe ich jederzeit zu, aber ich habe ein Gespür dafür, wenn etwas nicht stimmt. Und der Typ stank förmlich nach faulen Eiern. Weshalb ich mich erhob, sobald er in der Toilette verschwunden war und ihm folgte.

Dass die TOI hinter der letzten Sitzreihe lag, hatte den Vorteil, dass alle Passagiere von mir wegglotzten. Hinter dem Vorhang zur Crewküche tat sich auch nichts, also legte ich in altbewährter Manier das Ohr an die Klotür, hinter der Mr. Strange offensichtlich telefonierte. Zwar hatte ich diesmal keinen Lauschverstärker dabei – ich bezweifle, dass der Pappbecher mir sehr geholfen hätte – aber diese Tür war sehr viel dünner als die Zimmerwände im Zenz. Also hörte ich trotz des Fluggeräusches recht gut, was der Mann antwortete.

„… Ja, hab ich gecheckt … Nein, nur zwei Stewardessen
…Gut, in 10 Minuten hol ich sie raus, kurz vor der Landung… In der Schuhsohle … Ich seh die Kohle schon vor mir
…"

Ich hatte genug gehört. Was auch immer der Typ und sein
Kumpel vorhatten, es klang gar nicht gut. Rasch wankte ich zu
meinem Platz zurück. Noch bevor ich mich wieder gesetzt
hatte, war in meinem Hirn ein Plan entstanden. Den Mann bei
der Crew anzeigen, würde nichts bringen. Dazu hatte ich nicht
genug gehört. Ich war mir zwar sicher, dass der Kerl etwas
Ungesetzliches plante und ich hätte einfach lügen können, dass
ich Selbiges ganz genau gehört hatte – ein paar fatale Details
hinzuzufügen wäre meine leichteste Übung. Aber das Alles
würde einen riesigen Aufruhr verursachen, wir säßen sicher
Stunden am Flughafen fest und wer weiß, vielleicht würde der
Hirni noch jemanden verletzen.

Nein, so war es das Beste, sozusagen minimal invasiv, und
wenn der Typ trotz meiner gegenteiligen Überzeugung doch
harmlos war, wäre kein großer Schaden entstanden. Lautlos
entnahm ich der Pillenpackung meines nach wie vor meditierenden Liebsten fünf Tabletten und zerbröselte sie in der gewölbten Fläche meiner linken Hand mit meinem unbrechbaren rechten Daumennagel. Tat weh, aber darauf konnte ich
jetzt keine Rücksicht nehmen.

Dann langte ich unauffällig, aber wie selbstverständlich,
durch den Spalt zwischen den Vordersitzen, schnappte mir
den noch halb vollen Wasserbecher und trank scheinbar daraus. So, als gehörte ich zu dem Mann. Stattdessen ließ ich die
jetzt zu Pulver verarbeiteten Tabletten in sein Wässerchen
rieseln. Der Inhalt schäumte kurz auf, legte sich aber schnell

wieder. Nun stellte ich den Becher genauso unaufgeregt zurück wie vorher. Hoffentlich trank der Knabe das Gebräu und hoffentlich schmeckte es nicht bitter! Mist, daran hatte ich gar nicht gedacht. Naja, jetzt wars zu spät.

Kurze Zeit danach kam Mr. X auch schon zurück und setzte sich an seinen Platz. Seine Bewegungen wirkten jetzt noch fahriger als zuvor. Nervös, wie er war, trank er gleich noch einen großen Schluck. Ja, er leerte den Becher vollständig. Brav! Dann knüllte er ihn zusammen, klappte das Tischchen zu und zwängte die Pappekugel in das schmale Netz an der Rückenlehne seines Vordermannes, direkt auf die laminierte Seite mit den Sicherheitsanweisungen. Ich nahm das mal als gutes Omen.

In diesem Moment ertönte die routiniert relaxte Stimme des Kapitäns.

„Meine Damen und Herren, wir verlassen jetzt unsere Reiseflughöhe und befinden uns demnächst im Landeanflug auf Zürich. Das Wetter ist nach wie vor sonnig mit fantastischen 22 Grad Celsius und einem strahlend blauen Himmel. Wir bitten Sie jetzt, sich anzuschnallen, die Tische einzuklappen und die Lehnen Ihres Sitzes senkrecht zu stellen."

Während El Comandante seinen Zinnober nochmal auf Englisch wiederholte, beobachtete ich den Verdächtigen. Bis jetzt keine Veränderung. Vielleicht eine Spur ruhiger – weniger Fingerreiben. Dann hob er seinen rechten Fuß und legte den dazugehörigen Unterschenkel quer über den linken Oberschenkel. O. Je.

Noch tat er nichts weiter, als auf seinen Fuß, das hieß ganz sicher auf seinen *Schuh*, hinunterzuschauen. Der Fuß inklusive Lederslipper wippte in einem unregelmäßigen Takt und jetzt wurde *ich* langsam etwas nervös. Womöglich hatte ich ihm eine zu geringe Dosis verpasst. Wipp – wipp-wipp … wip-wipp-wipp … WIPP … Ich starrte auf diesen Wackelfuß wie ein Kaninchen auf die Schlange. Da, ein Gähnen. Das Wippen wurde langsamer. Wipp – Wipp – wipp … – … wipp …

Plötzlich bewegte sich seine Hand langsam nach vorne, griff zum Schuh – ich löste den Gurt, richtete mich im Sitz auf, bereit, dem Schurken von hinten mit meinem rechten Unterarm die Gurgel an seine Rückenlehne zu nageln und den Griff mit der Linken zu fixieren – da kratzte er sich am Knöchel und zog die Hand wieder zurück.

Ufff!!! Ich sank zurück in meinen Sitz.

Anschließend war das Fußzappeln ganz abgeklungen und die Nervosität meines Bösewichts schien verflogen. Er gähnte jetzt mehrfach herzhaft, dann schmatzte er ein paarmal unappetitlich und schließlich wies ein sanftes Schnarchen daraufhin, dass er eingeschlafen war.

Gerade noch rechtzeitig, denn jetzt informierte uns der Flugkapitän darüber, dass wir in ein paar Minuten auf dem „Zurich Airport" landen würden. Er freue sich, dass wir mit Lufthansa geflogen seien und hoffe, uns bald wieder an Bord begrüßen zu dürfen. Danke, du mich auch.

Nach der butterweichen Landung erwachte mein Lieblingsbulle von den Toten, öffnete den Sitzgurt anweisungswidrig noch bevor der Flieger seine „Parkposition erreicht" hatte, erhob sich und fischte sein Handgepäck aus der Ablage – so cool, als hätte er die ganze Zeit über keinerlei Probleme gehabt.

„Du siehst ja so blass aus, Sascha", wandte er sich mit einem süffisanten Blick an mich. „Vielleicht solltest du beim Rückflug heut Abend auch eine *Timorostat* einnehmen.

Darauf fiel mir ausnahmsweise keine Antwort ein.

Als wir in der Schlange der Fluggäste langsam in Richtung Ausgang trödelten, schob ich meinem verhinderten Flugzeugentführer/Attentäter heimlich einen Zettel in die gefalteten Hände, den ich vorher in Großbuchstaben beschriftet hatte:

AN DAS BORDPERSONAL: SCHAUEN SIE IN DER SCHUHSOHLE NACH. VORSICHTIG!!!

Da meine Fingerabdrücke bis dato nie erkennungsdienstlich behandelt worden waren, machte ich mir weiter keine Sorgen.

15 Dienstag – Vivat Zürich!

Nach Verlassen des Flughafens bestiegen wir den IC5 und kamen schon 21 Minuten später am Hauptbahnhof an.

Dort trennten wir uns, wie verabredet, Toni bestieg ein Taxi und versprach, dass er mich gleich nach Beendigung der Befragung von Bogdanis Familienangehörigen anrufen würde.

„Dann gehen wir in ein tolles Lokal mit herrlicher Aussicht auf den Zürichsee. Lass dich überraschen! Ich sag nur so viel: Nach diesem Brunch Buffet brauchen wir den ganzen Tag nichts mehr zum Essen. Bis zum Abendessen. Danach flanieren wir durch Zürich und schauen alles an, was du sehen willst!"

Daraufhin küsste ich meinen Lieblingsbullen auf eine Weise, die dem Schweizer Taxifahrer die Röte ins Gesicht trieb. Ich blieb noch eine Weile am Straßenrand stehen und winkte dem Wagen hinterher. Dann drehte ich mich um und betrachtete ausgiebig das wunderschöne Neorenaissance-Bauwerk der großen Bahnhofshalle mit der Sandsteinfassade.

Als ich die riesige, fast leere Bahnhofshalle betrat, erfreute ich mich eine Weile am Anblick des in schwindelnder Höhe schwebenden rundlich-blau-bunten Schutzengels von Niki de Saint Phalle. Natürlich durchstreifte ich nach dem ebenerdig gelegenen außerdem die drei Tiefbahnhöfe sowie das Shopville dazwischen, das Einkaufszentrum im Zwischengeschoß, das alle Bahnhofsteile verbindet. Wie immer war ich fasziniert sowohl von der facettenreichen klassischen, wie von der futuristisch anmutenden modernen Architektur und den suggestiven blau-grünen Sichtsäulen des Shopville.

Ich konnte mich in Ruhe verlustieren – schließlich hatte ich mindestens eine ganze Stunde Zeit, bis mein Schatz zur Villa Protz hinaufgelangt und das langweilige Begrüßungsgeschwafel zu Ende wäre. Von der Besichtigungstour in Hochstimmung versetzt, wandte ich mich wieder der Oberfläche zu und nach Norden.

Ich lief vorbei am Schweizerischen Nationalmuseum zum spitzen Ende der im Süden noch breiten, zwischen den Flüssen Limmat und Sihl eingebetteten dreieckigen Landzunge, auf der der Bahnhof stand. Auch den historischen Musikpavillon ließ ich links liegen und steuerte auf den Platzspitzbrunnen zu, wo mich etliche Bänke zum Verweilen einluden. Und, sehr wichtig, wo sich um diese frühe Uhrzeit an einem Werktag kaum ein Mensch außer mir aufhielt.

Schließlich wollte ich ungestört sein, wenn ich mir die Ohrstöpsel meines kleinen elektronischen 007 einsetzte, den ich bereits sehr liebgewonnen hatte. Es war das Folgemodell des Zenz -Lauschmanns mit viel größerer Reichweite. Was für eine lohnende Investition! Ich hatte dem lieben Toni heut früh noch den selbstklebenden Minispionsky-Sender unter der Schuhsohle in dem schmalen Hohlraum vor dem Absatz fixiert.

Dass die Leibwächter der Bogdani-Sippschaft, Mafiakontakte hin oder her, für eine läppische Befragung einen elektronischen Abtaster einsetzen würden, hielt ich für extrem unwahrscheinlich. Außerdem waren die Schweizer konservativ.

Nein, die Family würde Toni nach altbewährter Methode von einem ihrer Bodygard-Schläger physisch abtasten lassen, da war ich mir sicher. Ich würde meinen wilden Kommissar in einem Stück wiedersehen. Den lütten Judas später wieder unbemerkt von der Schulsohle loszueisen, dürfte kein Problem sein …

Ich hatte mich eben erst auf einer Holzbank mit superschönem Ausblick niedergelassen und mir den Knopf ins Ohr gepflanzt, als es auch schon interessant wurde.

„… versiichere ich Ihnen, dass ich die gaanze Zeit chiier in Zjurich war, bei meine Fammiilie. Aalle kännen Ihnen das bestättigen!"

Diesem offensichtlich von Mrs Bogdani III. stammende Statement, das durch mehrere tragische Schluchzer und Seufzer unterbrochen und zum Schluss hin mit einem ebenso dünn wie verletzt klingenden Stimmchen vorgetragen worden war, schloss sich das zustimmende Gemurmel von mindestens fünf Menschen an. Tja, mein lieber Toni, falls die Dame einen Killer auf ihren geliebten Exmann angesetzt hat, wirst du es nie erfahren.

Die Aussagen von Bogdanis Brüdern, seines Onkels plus Frau und einer Nichte sowie des Neffen, waren allesamt blutleer und brachten überhaupt nichts Neues. Angeblich waren sie alle vom Verlust des lieben Besart ebenso schwer getroffen wie die traurige Witwe. Die sah ich förmlich vor mir in ihrem knappen schwarzen Designerkostümchen und ihren rot lackierten Krallen, die ein weißes Spitzentaschentuch malträtierten, mit dem immer wieder ein Zentimeter unterhalb der Augen herumgetupft wurde, damit das schwere schwarze Balken-Make-up nicht verwischte.

Ebenso angeblich hatten diese Familienangehörigen „rein gar nichts" davon gewusst, dass das Besartchen mit bösen Schießgewehren und Kriegs-Bumm-Bumms gehandelt hatte. Das sei eine böswillige Verleumdung, die man nicht auf dem wunderbaren Mann sitzen lassen würde, der ihnen allen ein Heim gegeben und ein sorgen- und arbeitsfreies Leben ermöglicht habe!

Nur die zweite Nichte glaubte zunächst, sich an den Namen Hetzenauer zu erinnern, als Toni diesen erwähnte. Sie sprach sogar von „Hanno Hetzenauer", obwohl Toni den Vornamen des Vollstreckers gar nicht erwähnt hatte. Als sich jedoch ablehnendes Gemurmel erhob, war der Nichte rasch eingefallen, dass sie sich total geirrt hatte und „gaans siicher" niemanden kenne, der Fraans? Cheinz? Cheino? Äätzenkauer heiße.

Als sich nun der gerechte Zorn der Familie auf die unfähige deutsche Polizei erhob, der es nicht gelang, das brutale Verbrechen an ihrem lieben toten Gönner aufzuklären, wurde Toni wohl klar, dass hier nichts zu erfahren war. Das hätte ich ihm vorher sagen können. Dann hätte er sich diesen teuren Trip sparen können, allerdings wäre mir dann ein toller Tagestörn in eine schöne pulsierende Stadt mit kulturellen und kulinarischen Hochgenüssen entgangen.

Nööh!

Auf seinem Weg zum Ausgang der Villa – hallende Schritte und knarrende Holzgeräusche ließen auf seinen Aufbruch schließen – begleitete Toni eine Kakophonie lauter werdender Stimmen. Sie forderten, man möge die sterblichen Überreste Bogdanis *sofforrt* freigeben, damit er überführt werden könne, um *äändlich* in der Heimaterde neben seinen Eltern die letzte Ruhe zu finden!!

Plötzlich biss ein schriller Heulton in mein Ohr, den ich bei der trauernden Witwe verortete, dann fiel mit einem Knall das Portal ins Schloss und es ward still.

Als Toni anrief, saß ich noch immer auf der Bank am Platzspitzbrunnen und guckte auf den breiten meergrünen Limmat und den schmäleren bräunlichen Sihl, seinen größten Nebenfluss, der in ihn hineinfloss. Viel hatte auch mir der Besuch bei Bogdanis nicht gebracht – zumindest sah es momentan so aus.

Wir verabredeten uns am Grossmünster, dem Wahrzeichen Zürichs, dessen Türme mit den außergewöhnlichen neugotischen Kuppeln hoch über der Altstadt in den Himmel ragten. Da es noch dauern würde, bis Toni mit dem Taxi von der Bonzenvilla zurück im normalen Leben war, ging ich die 20 Minuten lange Strecke bis zur Kirche zu Fuß. Den Bahnhofsquai entlang, dann links über die Rudolf-Brun-Brücke auf den malerischen Limmatquai. Bald stand ich auf dem Grossmünsterplatz und betrachtete die eindrucksvolle Westfassade des stattlichen Bauwerks. Wie ich es gerne tat, las ich in Wikipedia nach:

Wikipedia meint, das Grossmünster ist heute eine evangelisch-reformierte Kirche, deren Anfänge mutmaßlich im 8. Jahrhundert liegen. Allerdings sollen bereits lange vor dieser Zeit Wallfahrten zu den dortigen Gräbern der Heiligen Felix und Regula stattgefunden haben, die im 3. Jahrhundert den Märtyrertod erlitten. Nach der Enthauptung sollen ihre Leiber die Köpfe noch 40 Ellen (vermutlich etwa 18 Meter) bergaufwärts getragen haben, bis zu der Stelle, an der sie begraben werden wollten.

Erst Karl der Große soll auf der Jagd nach einem Hirsch die Gräber wiederentdeckt haben, als das Pferd, auf dem er saß, plötzlich den Kopf senkte, um den Heiligen seine Hochachtung zu erweisen. Daraufhin gründete der König die damalige Probstei Grossmünster.

Mein Herzblatt holte mich mit einem zugegeben altbackenen, uns Verliebten aber nachzusehenden Schabernack aus dem Reich der Legenden zurück. Er hatte sich von hinten angeschlichen und hielt mir nun die Augen zu. Über die unsinnige Frage, wer er denn sei, kriegte ich mich, genauso wie er selbst, vor Lachen kaum mehr ein. Das sagt vermutlich alles über unseren geistig-emotionalen Zustand aus, was man wissen muss …

Zuerst labten wir uns an den kulturellen Genüssen, die es im Inneren des Doms zu delektieren gab: der romanischen Kapelle im Schiff, der mit zahlreichen goldenen Egeln bestückten und m. E. trotzdem nicht kitschig wirkenden großen Orgel, der schönen Krypta mit der original Sitzfigur Karls des Großen. Da es direkt gegenüber lag, besuchten wir auch das Fraumünster, eine Kirche samt Kloster und betörend bunten Fenstern, gestaltet von Marc Chagall und Augusto Giacometti. Unbedingt sehenswert ist der wunderschöne Kreuzgang mit einem Freskenzyklus von Paul Bodmer!

Anschließend gaben wir uns den leiblichen Genüssen hin. Nein, nicht *diesen* Genüssen – wir sind schlicht zum Essen gegangen. Als wir das kleine urige Restaurant am Ufer des Limmat entdeckten, ward unsere Wahl einstimmig getroffen. Wir belagerten das kleine Zweiertischchen im winzigen Garten des Gasthauses mit direktem Blick auf den smaragdenen Fluss und vergaßen das Sterne Brunch Buffet. Stattdessen futterten wir uns durch Riesbächler Weinsuppe, Salbeiküchlein, Leberli an würziger Balsamico-Zwiebelsauce und, natürlich, durch Züri Geschnetzeltes. Ein Festmahl! Hab ich schon erwähnt, dass ich Städtereisen liebe?

Bis zum Anschlag vollgefressen mäanderten wir nach dem opulenten Mahle kreuz und quer durch die pittoreske Altstadt mit ihren engen Gässchen, tollen Hinterhöfen und prachtvollen Zunfthäusern langsam Richtung Zürichsee. Am Bellevue neben der Quaibrücke öffnete sich uns das gesamte Alpenpanorama, das sich bei diesem herrlichen Frühlingswetter immer noch weiß gekrönt fast surreal klar vom stahlblauen Himmel abhob.

Als wir den Sechseläutenplatz mit seinen 16.000 Quadratmetern, dem Boden aus edlem Quarzit und dem Opernhaus erreichten, konnten wir unser Glück kaum fassen. Wir hatten genau *den einen* Tag im Jahr erwischt, an dem hier das Zürcher Frühlingsfest, das „Sächsilüüte" stattfand! Vor unseren Augen stand ein enormer Scheiterhaufen in Flammen, auf dessen Spitze der „Böögg", ein Schneemann aus Pappe und damit symbolisch der Winter, verbrannt wurde.

Die Zürcher Zünfte hatten schon im 16. Jahrhundert eine Art Sommerzeit eingeführt – sie beschlossen nämlich, dass der Feierabend genau ab diesem Frühlingsfesttag erst eine Stunde später als um die winterlichen fünf Uhr, um 6 Uhr abends beginnen sollte. Zu diesem Zweck ließ die zweitgrößte Glocke des Grossmünsters am Festtag einmalig das Sechsuhrläuten erklingen.

Inzwischen taten uns die Füße weh, wir waren vom vielen Laufen und den tausend Eindrücken müde und unsere Mägen verkündeten erneute Aufnahmebereitschaft. Also setzten wir uns auf die zwei nächsten freien Stühle eines der zahlreichen Cafés, vernichteten gemeinsam einen Family-Size-Früchteeisbecher und sahen dem Dampfer beim Näherkommen zu.

Aus dem Radio des Cafés hinter uns, das bisher angenehme Sommermusik gesendet hatte, erklangen nun in moderater Lautstärke die Nachrichten des Tages. Soweit ich das Schwyizerdütsch verstand, war von einem Terroristen die Rede, der sich in ein Flugzeug aus München eingeschlichen hatte, aber seltsamerweise tief in seinem Sessel schlafend am Flughafen Zürich vom Bordpersonal aufgefunden und unschädlich gemacht wurde. Er habe einen Zettel mit Hinweis auf eine versteckte Waffe auf dem Schoß gehabt. Die Polizei bitte die unbekannte Person, welche den Zettel geschrieben habe, dringend, sich zwecks Befragung, aber auch um den gebührenden Dank entgegenzunehmen, auf einem Revier zu melden. Unwillkürlich lief ein Grinsen über mein Gesicht. Verstohlen blickte ich zur Seite, aber Toni, der gerade mit einem Stück schokoladengetränkter Ananas kämpfte, hatte nichts gehört.

Mit dem Dampfer schipperten wir auf dem Zürichsee herum, genossen eng umschlungen abwechselnd den Anblick hochherrschaftlicher Anwesen an den Ufern und das atemberaubende Panorama, ließen uns den lauen Wind um die Nasen wehen oder hielten selbige halb dösend in die Sonne. Erst als letztere sich zum Horizont hinabsenkte, sprangen wir wieder an Land und machten uns auf zu unserer letzten Station in dieser schönen reichen Stadt: der Polyterrasse der Technischen Hochschule Zürich. Dorthin fuhr das süße rote „Polybähnli", das uns schon nach einer viel zu kurzen Fahrt wieder entließ.

Der Blick von der hochgelegenen Aussichtsterrasse über die Altstadt von Zürich bei hereinbrechender Dämmerung war der fantastische Abschluss eines herrlichen Tages. Ich kann mich nicht erinnern, wann ich schon mal einen schöneren Geburtstag gefeiert habe.

16 Mittwoch – Adler, Könige und Diamanten

Nach dem superschönen gestrigen Tag hatten Toni und ich
heute beide einen megastressigen Arbeitstag erlebt und beschlossen, mal wieder jeder in seiner Wohnung die Nacht zu
verbringen, damit wir mal wieder etwas Schlaf abbekamen. Mir
war das nur Recht, ich brauchte mal wieder einen Abend für
mich. Da fiel mir der 2. Stick ein, mit dem ich kürzlich die
neuesten Infos von Tonis PC gezogen hatte. Entspannungsbe-
dürfnis stritt sich mit Neugier und Pflichtgefühl – und ich gewann …

Mit einem frischen Pfefferminztee ausgestattet – ein Kräu-
tertopf mit marokkanischer Minze zierte das Fensterbrett in
meiner Küche – platzierte ich mich seufzend an meinem kleinen Laptoptisch. Zunächst nahm ich mir die bereits bekannten
Dateien vor. Hier war nichts Wesentliches mehr hinzugekommen.

Als ich die Akte über das Mordopfer überflog, fand ich zwar
keine unbekannten Infos, aber mir stach nochmals der Ring
ins Auge. Eine rote Flagge mit schwarzem Doppeladler, die
beiden Köpfe des Adlers sahen in entgegengesetzte Richtun-
gen und streckten jeweils eine lange Zunge heraus.

Wo hatte ich dieses Motiv schon einmal gesehen? Irgendetwas in meiner Erinnerung triggerte dieser Ring, aber ich kam
nicht drauf, was. Nach zehn Minuten Grübeln gab ich auf.
Meine Zeit konnte ich besser nutzen. Außerdem fällt einem
manchmal etwas ein, gerade wenn man nicht darüber nachdenkt.

Ich sah, dass ein paar Dateien hinzugekommen waren, nämlich die Befragungen von weiteren Mitarbeitern unseres

Hotels. Wir haben ja noch viele andere Angestellte, nämlich für Reservierung, Empfang, Lagerverwaltung, Einkauf, Buchhaltung sowie Veranstaltungen. Da wir zwar ein Fünf-Sterne-Hotel sind, allerdings im kleinen Format, sind ein paar der Aufgaben in Personalunion vergeben, zum Beispiel an die Hotelmanagerin oder an Küchenchef Georg.

Auch hier hatte sich nichts Interessantes ergeben. Ebenso wenig wie bei den Gästen, die auch wir auf dem Schirm hatten: Schauspielerchen Krull, den zwei BMW-Typen, den Hochzeiterfamilien.

Eine weitere Datei war hinzugekommen, über den König von Katarrh. Dass dieser Bogdani gut gekannt hatte, wussten wir ebenso wie die Tatsache, dass die beiden oft am Frühstückstisch zusammengesessen und lange geredet hatten. Dass der König oft in Bogdanis Zimmer zu Gast gewesen war und dass es dabei meist um Geschäfte ging, bestätigten jetzt die Aussagen mehrerer Servicekräfte. Damit war es bewiesen! Ich beschloss, am nächsten Arbeitstag, also übermorgen, dem Regierungssitz der Feddersen einen Besuch abzustatten …

Der Herr König aus dem ungesund klingenden Land nannte 4 Frauen sein eigen, hmm, … alleiniger Herrscher über …, viele Bodenschätze, darunter Uran, aha! … gehört zu den 20 reichsten … bla bla …Ah hier:

Der König war vor ein paar Monaten unzufrieden mit einer Lieferung von Sturmgewehren – das hatte Toni, der schlaue Hund, durch Beziehungen zum Geheimdienst herausgefunden. Die Gewehre hatten sich anscheinend durch häufige Ladehemmung ausgezeichnet, ganz schlecht! König warf Bogdani damals vor, ihm „alte Ware" angedreht zu haben.

Dumm nur, dass der König samt Harem, Restfamilie und Gesinde lange vor Bogdanis Tod abgereist war.

Aber auch so einer erledigte die schmutzige Arbeit ja nicht selbst. Ob er wohl Beziehungen zur Mafia hatte? Unwahrscheinlich. Das hatte der nicht nötig. Ein physiognomisch dem Königreich zuzuordnender Mensch war auch von niemandem um den Tatzeitpunkt herum beim Zenz gesehen worden. Hätte ja sein können, dass ein Handlanger zurückgeblieben ist.

Oh, schade, unsere „Agentur", die deutsche Botschaft in Katarrh, hat bestätigt, dass Bogdani die Lieferung sofort zurückgenommen und dem King die allermodernsten Gewehre zugeschickt hat, ohne Aufpreis. Tja, die Kundenzufriedenheit zählt halt in jedem Gewerbe. König hatte also kein Motiv.

Hoppla, jetzt hätt ich fast das Wichtigste übersehen! Die zwei uns unbekannten Gäste! Ein Öl-Heini aus Texas und ein Diamantenfritze aus Südafrika. Hei, war Bogdani nicht, bevor er nach München gekommen ist, im Kongo? Und ist Kongo nicht eines der führenden Länder der Welt, wenn es um den Abbau von Diamanten geht – neben Südafrika?!

Könnte es da nicht sein, dass Bogdani im Kongo ein Brillie-Geschäft abgeschlossen hat und vielleicht den Südafrikaner, der sich, oder dem er, auf ebendieses Geschäft Hoffnung gemacht hat, leer hat ausgehen lassen? Wäre ein solcher Typ so sauer, dass er den untreuen Kunden in die ewigen Jagdgründe schickt? Hmm, wenn der Deal schon fest vereinbart war, möglich.

Aber lesen wa erstmal weiter. Hmm, scheint so, als ob der kongolesische Diamanten-Typ das Business kurzfristig mit einem anderen Kerl abgeschlossen hat – er ist dabei ziemlich gut weggekommen! Und der Texaner hatte einen Megadeal mit

Bogdani abgeschlossen, dem dürfte der Tod seines Vermittlers so gar nicht gelegen gekommen sein.

Mist – wieder kein neuer Verdächtiger!

17 Freitag – Superkoch mit Sauermiene

Da inzwischen einige Tage vergangen waren, trafen wir uns zum erneuten Kriegsrat in Arnolds Wohnung. Ich brachte wieder Wein mit, diesmal – eingedenk unseres letzten PowWow – aber gleich drei Flaschen: rot, weiß und rosé.

Am Vortag hatte ich mir den langweiligen Arbeitstag durch das Angucken einiger Fischer-Filmchem in Zimmer 24 versüßt. Ich find, die Sprüche, mit denen unser liebenswerter Stenz die Frauen anbaggert, sind so schwach, dass sie schon wieder gut sind! Jetzt stand ich mit meinen drei Weinflaschen vor Arnold, der hob bei deren Anblick die linke Augenbraue, sagte aber nichts. Seine Begrüßung war förmlich-kühl und damit mindestens 100 Prozent herzlicher als beim vergangenen Mal!

Lara saß bereits am Tisch, das Essen war schon aufgedeckt.

Weil heute alle einen anstrengenden langen Tag gehabt hatten, gab es heute kalte Platte. Diese allerdings bog sich vor lauter internationaler „Tapas": thailändischer Gamba-Salat, panierte Zucchiniringe mit Aioli Dip, Spießchen mit Jakobsmuscheln an Maracuja Vinaigrette, sanft mit Olivenöl beträufelte und pikant gewürzte Paprikastreifen und Auberginenscheiben aus dem Ofen, japanischer Algensalat, Edamame, chinesische Sommerrollen mit durchsichtiger Hülle und knackigen Gemüsestreifen in süß-scharfer Sauce, mit Knoblauch-Frisch- und Schafskäse gefüllte Champignons, weiße Sushirolls mit orangem Lachs neben winzigen Schälchen mit schwarzer Sojasauce, Tupfern aus grünem Wasabi und hellgelben eingelegten Ingwerscheiben – das Auge aß hier ganz klar mit.

Ich war überwältigt und das sagte ich auch.

„Du beherrscht die Kochkunst wirklich perfekt, Arnold! Das sieht sooo lecker aus und sooo schön!"

Täuschte ich mich, oder blitzte ganz kurz Stolz in den Augen meines Bruders auf, bevor Arnold wieder seinen typisch angestrengt-skeptischen Schwesterblick anknipste? Anscheinend tat ihm ein Lob von der „ewigen Superfrau" gut. Konnte ich sogar verstehen. Auch, dass er es mir nicht zeigen wollte.

Es stellte sich heraus, dass Arnold Koch im „Lobster" war, einem Nobelrestaurant in Bestlage am Münchner Platzl. Gewöhnlich hatte er Schichtdienst, hatte wegen Laras Notlage aber Urlaub genommen. Seinem Arbeitgeber hatte er etwas von einem familiären Notfall erzählt und da er bisher stets superverlässlich und noch nie krank gewesen war, hatte dieser ihm die Auszeit gewährt, noch dazu ohne genau festgelegtes Ende.

Während wir uns die lukullischen Genüsse einverleibten, plätscherten nur etwas Smalltalk dahin. Unsere ernsten Anliegen dabei zu besprechen, wäre ein Sakrileg gewesen.

Als wir dann doch zum geschäftsmäßigen Teil des Abends kamen, begann Arnold mit seinem Bericht.

„Mein ehemaliger Kollege bei der Gasteig Gastro hat für mich den Kontakt zur Maskenbildnerin von Yang Yang hergestellt. Ein etwas exaltiertes Mädel, aber sehr auskunftsbereit und darauf kam es schließlich an. Sie hat den Klavierstar an jedem der drei Tage, die er aufgetreten ist, geschminkt und dabei sind sie ziemlich intensiv ins Gespräch gekommen.

Der Mann hat wohl nicht so viele Möglichkeiten, zu plaudern, seine Tage sind angefüllt mit Klavierübungen – sechs Stunden täglich – und familiären Verpflichtungen gegenüber seinen Eltern. Er musste wohl schon als Kind extrem viel

Klavierspielen und hat bis heute keine Frau gefunden, einfach mangels Gelegenheit, überhaupt eine kennen zu lernen. Der Knabe kann einem echt leidtun. Da scheiß ich auf die Karriere und aufs Geld.

Jedenfalls war der im kritischen Zeitraum zum einen bei seinem Auftritt, zum andern könnte ich mir niemanden vorstellen, der weniger Motiv gehabt hätte, Bogdani umzubringen. Mit irgendwelchen illegalen Machenschaften hat der gewiss nix zu tun. Der hat ja schon massive Schwierigkeiten mit den legalen …"

Thus quoth the Raven. Also konnten wir diesen Verdächtigen auch abhaken.

„Ich hab meinen Kumpel auch nach der Münchner Mafia gefragt.", fuhr Arnold unerwarteterweise fort.

„Der hat vielleicht große Augen gekriegt! Und bleich ist der geworden – so hab ich den noch nie gesehen. Ich musste ganz schön auf ihn einreden und ihm tausendmal versprechen, dass ich niemandem gegenüber außer Euch erwähnen werde, von wem ich die Infos hab.

Also: Das organisierte Verbrechen in München schläft nicht. Etliche Restaurants – nicht nur die italienischen – und andere Betriebe sind auf die eine oder andere Weise mit ihm verbandelt. Mein Kollege war früher selbst in so einer Gaststätte tätig, da musste der Besitzer regelmäßig minderwertige Ware kaufen, z.B. Wein, Zitrusfrüchte, Olivenöl, Pizzazutaten, zu einem völlig überhöhten Preis. Manchmal waren die Lieferungen auch Tarnung für Kokainschmuggel.

Sein jetziger Arbeitsplatz ist mafiafrei, deswegen hat er schon vor langer Zeit dorthin gewechselt. Natürlich kannte mein Kollege keine Namen, von Hanno Hetzenauer hat er noch nie etwas gehört. Ob wohl das Zenz Verbindungen zum OV hat? Kann ich mir eigentlich nicht vorstellen. Ich kann ja mal Georg fragen – mir sagt er vielleicht eher was, als Dir, Sascha."

Dem stimmte ich zu.

„Wie siehts bei Dir aus?", wandte ich mich an Lara.

„Hast du was Prickelndes herausbekommen?"

„Wie mans nimmt. Die zwei BMW-Typen scheiden meines Erachtens aus. Die Kathi hat die an besagtem Abend am Tisch bedient. Sie hat erzählt, die seien so voller Testosteron gewesen, dass es ein Wunder war, dass sie bis zum Ende des Fünf-Gänge-Menüs durchgehalten haben. Ständig haben sie vor ihren Begleiterinnen damit geprahlt, wie unentbehrlich sie für ihr Unternehmen seien und wieviel Kohle sie verdienten. Von Yachten war die Rede, von Villen in der Toskana und in Umbrien, von wegweisenden Entscheidungen der Vorstandsetage, die *sie* angestoßen hatten. Nicht einmal aufs Klo sind sie Kathis Meinung nach gegangen, ebenso wenig wie ihre Begleiterinnen.

Die zwei Damen waren nach einhelliger Meinung von Kathi und Franzi Vertreterinnen eines Escort Services der Extraklasse – elegant, gebildet und fähig zu Diskussionen auf hohem Niveau, aber auch unterwürfig genug, die beiden Manager für ihre Leistungen zu bewundern. Und, letztendlich, billig genug, um mit ihnen ins Bett zu gehen – wobei das „billig" eher im übertragenen Sinne zu verstehen sein dürfte …

Das haben sie ziemlich sicher nach dem Essen getan, so wie die vier gleich nach dem Mahl nach oben abgerauscht sind. Aber diese Beobachtung lag schon weit außerhalb der kritischen Zeit, während der Bogdanis Fresschen mit unverträglichen Zutaten versetzt wurde."

Wieder war ich ein bisschen geschockt darüber, wie zynisch die kleine, zerbrechliche Lara doch sein konnte, wenn es sich um Bogdani handelte, der, zugegeben, ein Schwein gewesen war. Arnold, der meinen Blick mitbekommen und richtig interpretiert hatte, wurde sofort patzig. Auf seine Freundin ließ er offensichtlich nichts kommen.

„Lara ist eben nicht wohlbehütet und verhätschelt aufgewachsen wie andere Leute", verkündete er mit abfälligem Ton und ebensolchem Blick in meine Richtung.

„Sie ist Vollwaise und musste sich in einem Rudel von Kindern behaupten. Ich bewundere sie dafür."

Mit dem letzten Satz wandte er sich seiner Geliebten zu und sah sie mit leuchtenden Augen an."

Eine peinliche Pause entstand.

„Das war sicher ganz schön schwierig für dich, Lara", bemerkte ich hastig – kurz bevor die Stimmung zu kippen drohte. „Umso toller, mit welch guten Noten du das 1. Jahr deiner Ausbildung zur Hotelfachfrau geschafft hast – ich hab von deiner 1,0 gehört!"

Nun sah Lara geschmeichelt aus und Arnold versöhnt. Ich aber dachte mir, nachdem sich die Blicke der beiden wieder von mir ab und einander zugewandt hatten, dass ich meine Kollegin eigentlich gar nicht kannte. Weder ihre Vergangenheit noch ihre Charaktereigenschaften. Von denen sie offensichtlich ein ziemlich breites Spektrum abdeckte …

„Ach, da fällt mir noch was Wichtiges ein", meldete sich Lara nochmal zu Wort. Der Otto von der Rezeption hat mir hinter vorgehaltener Hand und ganz von selbst erzählt, dass der Bogdani ihn zwei Tage vor seinem Tod danach gefragt hat, wo das Café-Restaurant Tambosi ist und wie man da hinkommt. Das hat Otto dem Kommissar gar nicht erzählt, weil er es ganz vergessen hatte – es hielt es aber auch nicht für so wichtig …

Ich war gleich ganz Ohr. Das könnte sich als erste richtige Spur herausstellen.

„Einer von uns könnte mal im Café nachfassen und schauen, ob sich jemand an Bogdani erinnert. Wenn der es besuchen wollte und nicht wusste, wo es liegt, könnte er dort verabredet gewesen sein, womöglich mit seinem Mörder. Und wenn wirklich was dabei herauskommt, was Lara entlastet, kann ich Toni immer noch mit der Nase drauf stoßen."

Meine beiden Mitverschwörer fanden die Neuigkeit auch vielversprechend und da er momentan tagsüber Zeit hatte, bot Arnold sich an, dort zu recherchieren. Wir tüftelten einen kleinen Plan aus: Arnold sollte ein paarmal an verschiedenen Tagen und zu verschiedenen Zeiten im Tambosi einen Kaffee trinken und dabei eine Zeitung mit dem Foto von Bogdani – die Presse hatte sich nach Geiermanier auf den Mord gestürzt – für den jeweiligen Kellner gut sichtbar auf den Tisch legen. Vielleicht erinnerte sich ja einer von ihnen an den Waffenhändler und konnte etwas Erhellendes berichten.

„Jetzt bin ich aber gespannt, was du über eure Chefin rausbekommen hast", ergriff Arnold schließlich erneut das Wort.

„Wir sind ja noch gar nicht dazu gekommen, darüber zu sprechen", ergänzte er. Täuschte ich mich, oder wurde Lara jetzt ein bisserl rot?

„Das war echt krass", überspielte meine Kollegin mit forschem Auftreten sogleich ihre Schwäche.

„Gestern Nachmittag hab ich die Feddersen zusammen mit der Brax in Richtung Büro gehen sehen. Weil Otto gerade erst von einer Grippe genesen war, die seine Portiers-Kollegin immer noch daheim ans Bett fesselte, und reichlich blass um die Nase aussah, bot ich ihm an, die Rezeption eine halbe Stunde zu übernehmen, damit er Pause machen konnte. Wir haben zurzeit relativ wenige Gäste – die Schlagzeilen über den Mord haben für zahlreiche Absagen gesorgt.

Otto war mir sehr dankbar und hat sich auch gleich verzogen. Er wollte wohl keine Sekunde Freizeit vergeuden, das kennen ja auch wir bestens von stressigen Tagen. Jedenfalls hab ich mich, kaum dass Otto außer Sicht war, hinter dem Tresen direkt vor die Rückwand mit den Zimmerschlüsseln gestellt und damit gleich neben die Tür zum Chefinbüro. Ich hab schon früher bemerkt, dass man von dort aus, wenn man aufpasst, hören kann, was im Büro gesprochen wird. Gleichzeitig hantierte ich ein bisschen an den Schlüsseln und Postfächern herum – eine perfekte Tarnung!

Ich musste mich nicht mal anstrengen beim Lauschen. Die Chefin hat ziemlich laut geklagt, was Bogdani doch für ein feiner Mann gewesen sei – würg!! – und dass sie so einen nie wieder finden wird – kann man nur für sie hoffen!!! Die Brax hat gurrende Laute von sich gegeben, wie eine Mutter, die ihr Kind tröstet. Das klang, als seien wohl auch ein paar Tränchen bei Anke-Jette geflossen.

Mann, ich hätte nie gedacht, dass sich die nüchterne Chefin so an einen Mann hängen kann, noch dazu an einen wie diesen Perversen! Und dass die Brax jemanden tröstet, statt ihn abzukanzeln, hätt ich auch nie für möglich gehalten!"

139

Schau einer an, dachte ich, dies waren wohl die Tage der Enthüllung verborgener Wesenszüge.

„Die Chefin hat dann noch ein bisschen weitergejammert, dass sie all die Jahre darauf gehofft hatte, einmal Frau Bogdani zu werden. Und dass Besart ihr *diesmal sicher* einen Antrag gemacht hätte! Oh Gott. Da hat sie mir fast leidgetan. Ich frag mich nur, wie sie übersehen konnte, dass der Dreckstyp vor nicht allzu langer Zeit eben das getan hat? Geheiratet. Nur eben eine andere! Manche Leute macht Liebe wohl wirklich blind.“

Einen Sekundenbruchteil huschte mein Blick zu Arnold hinüber und ich fragte mich, ob er Lara ein falsches Alibi gegeben hatte. Laut sagte ich:

„Das alles reicht meiner Meinung nach nicht, um die Feddersen von der Liste der Verdächtigen zu streichen. Sie könnte Bogdani durchaus in einer Aufwallung enttäuschter Liebe vergiftet haben, wenn sie zum Beispiel mitgekriegt hat, wie er einer von uns an die Wäsche gegangen ist. Jetzt könnte sie trotzdem todtraurig darüber sein, dass die Beziehung so den Bach runtergegangen ist.“

„Jaaa, möglich“, stimmte Arnold zögernd zu.

Lara nickte.

„Wie wir allerdings rausbekommen sollen, was die Chefin zum Tatzeitpunkt gemacht hat, weiß ich auch nicht.“

„Vielleicht ergibt sich noch eine Gelegenheit.

Jetzt kann ich Euch erzählen, was ich in der Schweiz erfahren hab,“ fuhr ich fort und berichtete ausführlich über unseren Eintagestrip nach Helvetia.

Das unbefriedigende Ergebnis bezüglich Bogdanis Familie sorgte für Frust, die Einlage mit dem mutmaßlichen Flugzeug-

Terrorist für Heiterkeit. Dass die beiden bislang unbekannten Hotelgäste als Täter auch nicht in Frage kamen, zog uns dann allerdings wieder runter.

„Hast du eigentlich Milena jetzt endlich überprüft?", fragte Arnold mit deutlich vorwurfsvoller Stimme.

Mein Blick sprach wohl Bände und jetzt waren wir alle drei richtig schlechter Laune.

18 Sonntag – Jetzt wird's ernst

Inzwischen war es Sonntag gegen 22 Uhr und kurz vor Ende meiner heutigen Schicht. Wieder mal war das Glück mir hold. Während sich Otto kurz aufs Klo verdrückte, huschte ich ins Management Office. Hier wurde durch Installation eines elektronischen Schlosses auf Sicherheit gesetzt. An und für sich keine schlechte Idee – aber: Was habe ich über Passwörter gesagt? Dasselbe gilt für Zahlencodes, vor allem für vierstellige. Meist reicht es, das Geburtsdatum von ein paar Leuten zu kennen. Ich tippte vier Ziffern ein, die Tür schwang auf. NO COMMENT!

Am Laptop angekommen brauchte ich nicht viel länger, um ins Innerste unserer Hotelverwaltung vorzustoßen. Viele megainteressante Ordner blickten mir entgegen, darunter einer mit der Aufschrift Personal. Hintergrundinfos, etwa über den Werdegang meiner Kolleginnen, fand ich immer spannend. Ich musste mich schwer beherrschen, widerstand aber der Versuchung. Obwohl Fräun Feddersen heute Abend ein Geschäftsdinner bei der Hotelbesitzerfamilie hatte, wollte ich nicht zu lange hier drinbleiben. Eine Restgefahr bestand immer.

Schließlich fand ich die Belegungslisten für das laufende Jahr und die Jahre davor. Das passte! Die Aufenthaltszeiten des katarrhalischen Königs und Besart Bogdanis hatten sich in den vergangenen vier Jahren jeweils um mindestens eine Woche überschnitten. Die beiden hatten also allem Anschein nach seit Längerem eine geschäftliche Beziehung. Dass jetzt aber der König Bogdani hat ausknipsen lassen, z.B. weil er sich von ihm gelinkt fühlte – wurde ja von Tonis Verein, in

Zusammenarbeit mit dem Geheimdienst, leider ausgeschlossen. Andere Übereinstimmungen früherer Gäste mit denen der diesjährigen Bogdani-Woche konnte ich nicht feststellen.

Mal schauen, ob es hier auch persönliche Dateien gab, die evtl. etwas über das Verhältnis zwischen der Feddersen und dem Toten verrieten. Ich geb zu, dass ich auch ein bisschen neugierig war. Aber es fand sich nichts. Als ich den Laptop gerade herunterfahren wollte, stach mir der Ordner über Finanzen ins Auge. Schon immer wollte ich mal wissen, wieviel Reibach „Die Familie" – wie unter uns Fußvolk die Besitzerdynastie derer von Reibach hieß – so im Schnitt machte.

Ich hatte gewusst, dass das luxuriöse Kleinod an der Münchner Freiheit einiges abwarf. Aber sooo viel – whao! Und das nach Abzug aller Personal- und sonstigen Kosten. Geschockt schloss ich die Exceltabelle und starrte auf die anderen Dateien, die beim Anklicken des Ordners ebenfalls angezeigt worden waren. Da fiel mir eine auf, die einen eigenartigen Namen hatte: Promissaurum.

Mooment, Moooment, dachte ich mir wie der geniale Loriot, das ist doch lateinisch, jedenfalls fast. Aurum heißt Gold und Promissum Versprechen. Versprochenes Gold? Goldversprechen? Goldiges Versprechen? Ich doppelklickte auf den Namen und saß einer weiteren Exceldatei gegenüber. Ich weiß nicht, wie es Euch geht, aber ich mag die Dinger nicht. Oh, sie sind megapraktisch, vielseitig etc. pp. Aber irgendwie unsympathisch. Jedenfalls mir.

Aber jetzt hatte ich Blut geleckt. Ich wollte wissen, worum es hier ging. Also quälte ich mich durch Spalten und Zeilen. Schließlich kam ich zu dem Ergebnis, dass es sich hier um eine weitere Gewinnliste handelte. War das hier so eine Art doppelte Buchführung? Nein, die einzelnen Posten wichen zu stark von denen in der normalen Finanzenliste ab. Genauer gesagt, waren es gar keine richtigen Bezeichnungen, sondern ausschließlich mit Zahlen und Buchstaben versehene Posten. Eigenartige Zahlen und Buchstaben.

Außerdem waren die ersten Eintragungen hier vor vier Jahren vorgenommen worden und die Abrechnungszeiträume waren nicht regelmäßig, wie üblich, sondern häuften sich jeweils ein paar Wochen lang, dann tat sich für Monate wieder nichts, schließlich tauchten wieder X Posten auf, die im Laufe von maximal 40 Tagen abgerechnet wurden.

Zum Beispiel stand da in einer Zeile *88 Lifze*, dann die Stückzahl, ein paar weitere Zahlen und Buchstaben, hinten: 800,-€; oder *1911*, …, 700,-€ ?? *44 Glöckchen*, …, 1000,-€ ??? Ich versuchte es mit der Suchmaschine, bei mir zurzeit duckduckgo.com statt google.

Bei 88 Lifze erhielt ich folgende Treffer: *Life 88, Kansas City Christian Radio* und *CONCERTS Life; 88,5 für King and Country* oder *Listen 88,5 FM Southern California* usw. Fehlschlag. Aber so leicht gab ich nicht auf. Probieren wir das nächste kryptische Geschreibsel. 1911.

1911 bei Amazon.de, niedrige Preise, Riesenauswahl. Das riesige Versandhaus mit dem schnellen Service und der schlechten Steuermoral stand am Anfang fast jeder Ergebnisliste, egal was man suchte. Wenn ich zum Beispiel *Hasenkotze* oder *Affenarsch* eingab würde Amazon wohl genauso auf dem ersten Listenplatz erscheinen – egal, ob es so etwas dort zu kaufen gab.

Bingo! Auch bei der Hasenkotze brillierte Amazon auf Platz 1, allerdings mit einem Angebot für Treppenkantenprofile. Der Affenarsch hingegen leitete einen direkt zu Wiktionary:

Af.fen.arsch, Plural: Af.fen.är.sche, mit genauer Aussprache
und Hörbeispiel (ohne Witz!).

Aber ich war ja nicht zum Spaß hier.

Brav gab ich in die Suchmaschine ein: *44 Glöckchen*. Leicht
gelangweilt ratterte ich die Ergebnisse durch: *Glöckchen bei
Amazon …*, war ja klar; *Große Auswahl im VBS-Shop – Kostenfreie
Bastelanleitung; Glöckchen in allen Größen und Farben, kleenes-traum-
handel.de* – wie süüüß; *Glocke, wikipedia; Glock Pistole G44 (ohne
Gewindelauf)* – HOLLA, DIE WALDFEE!

Das war jetzt aber interessant!

Da hier die Bezeichnungen evtl. unkenntlich gemacht werden sollten, probierte ich verschiedene Varianten der beiden
vorhergehenden Begriffe. Bei *88 Lifze* setzte ich die 88 hinter
das Wort. Nichts. Ich ersetzte das f durch v, nichts. Das v
durch w, nichts. Gerade setzte ich an, das z in ein c zu verwandeln und fügte stattdessen versehentlich ein Leerzeichen zwischen Liw und ze88 ein. Das war es! Die Lif *Vektor-Z-88* ist
bei *militaryfactory.com* zu bewundern und eine in Südafrika her-
gestellte halbautomatische Pistole, eine Kopie der italienischen
Beretta 92. Das konnte jetzt kein Zufall mehr sein.

Sicherheitshalber überprüfte ich noch die *1911*, die schon
nach nur 10 Vorschlägen, u.a. über *Wikipedia*: 1911 als Revolu-
tionsjahr in Mexiko und dem *§1911 zur Abwesenheitspflegschaft*
bei *dejure.org* (einer sehr nützlichen umfassenden Gesetzes-
sammlung inklusive Rechtsprechungen zum jeweiligen Para-
graphen!) zum Ziel führte: die *M1911* ist ein halbautomati-
scher Colt, der beim US-Militär von 1911 bis 1985 in beiden
Weltkriegen sowie in Korea und Vietnam im Einsatz war.

Wenn mich nicht alles täuschte, hatte Fräulein Anke-Jette
Feddersen mit Besart Bogdani nicht nur das Bett geteilt,

sondern auch den Verdienst beim Handel mit zum Teil historischen Waffen. Die hatte für ihn illegal Ballermänner vertickt, wohl für irgendwelche Knarren -Fetischisten, die sich daran aufgeilten, echte benutzte Schießeisen in ihren geheimen Schaukasten zu stellen. Wie pervers war das denn!?

Was war passiert? Hatte Besart sie um ihren Anteil betrogen? Wollte er nicht mehr mit ihr zusammenarbeiten, hatte er sie nicht nur als Liebhaberin, sondern auch als Geschäftspartnerin fallengelassen?

Ohne Vorwarnung schwang die Tür auf. In der Öffnung stand, verblüfft dreinschauend, Frau Feddersen. Ein Blick in mein belämmertes Gesicht, ein weiterer zum Laptop und sie wusste Bescheid. Mit einer Geschwindigkeit, die ich ihr nicht zugetraut hätte, glitt sie ins Zimmer, schloss die Tür, verriegelte sie und zog aus ihrer sehr großen Handtasche eine sehr kleine Pistole. Ich war mir dennoch sicher, dass auch dieses Kaliber absolut tödlich sein würde, wenn sie es abfeuerte.

Ich kämpfte die aufwallende Panik nieder und sagte so cool, wie es mir möglich war:

„Wenn sie mich hier erschießen, hört es das ganze Hotel."

Das half mir wieder, mich etwas zu fassen.

„Ich werde jetzt ganz langsam aufstehen und den Raum verlassen", fügte ich mit demonstrativer Sicherheit in der Stimme hinzu, die ich keineswegs fühlte.

Langsam erhob ich mich. In einer einzigen fließenden Bewegung fischte Frau Feddersen einen kurzen Metallzylinder aus der Kroko-Handtasche von Gucci – an deren Echtheit ich jetzt keinen Zweifel mehr hatte – schraubte ihn vorne auf den Pistolenlauf und richtete die Waffe erneut auf mich.

„Daass glaub ich nich, Frau Zöpfelchen", sagte sie mit einem fiesen Grinsen im Gesicht.

Langsam setzte ich mich wieder.

Eine Weile lang starrten wir uns an. Ich, immer noch bass erstaunt darüber, in was sich die harmlose Anke-Jette plötzlich verwandelt hatte. Die Hotelmanagerin mit abschätziger, grüblerischer Miene, als ob sie abwägte, was mit mir zu geschehen hätte. Ich hatte mich schon mal wohler gefühlt! Aber die Feddersen war doch trotzdem eine vernünftige Frau. (Den Gedanken, wie *solch* eine Frau *so* einen bescheuerten Tür-Code eingeben konnte, schob ich beiseite.) Vielleicht konnte ich sie mit sachlichen Argumenten überzeugen, dass sie auf diese Weise nicht weiterkam. Ich probierte gedanklich verschiedene Plädoyers aus, wobei ich die Worte sehr genau abwägte. Bevor ich jedoch zum Zuge kam, sprach sie erneut.

„Ich weerde jetzt einen Froind anrufn, der sich um Sie kümmern wird."

Obwohl sich mir gerade ein Schwall Eiswasser in den Magen ergoss, plapperte ich drauflos, um ihre Hand, die sich bereits auf dem Weg zum Hörer befand, zu stoppen.

„Promissaurum ist ja ein recht treffender Name für eine Datei, in der es um hohe Geldgewinne geht, die außerdem steuerfrei sind."

Mit klopfendem Herzen registrierte ich, dass Anke-Jettes Hand verharrte und dann zurückgezogen wurde. Dies sah ich aus dem Augenwinkel, denn ich zwang mich, weiterhin starr in ihr Gesicht zu sehen, der kleinste Seitenblick zum Telefon würde meine Absicht verraten. Ebenfalls aus dem Augenwinkel hatte ich, leider, einen Blick auf die Uhr erhascht. Sie zeigte 23:35 –

was bedeutete, dass Otto nach Hause gegangen war. Die Rezeption würde ab jetzt nur noch von der Nachtbereitschaft im Pausenraum geöffnet, wenn ein neuer Kunde am Eingangsportal klingelte, unsere Gäste hatten alle einen Schlüssel. Leider hatten sich keine Neuzugänge für heute angemeldet.

„Heude sind Sie leider nicht ganz so schlau, wie sonst, Frollein Allwissend." Einen ihrer Mundwinkel hatte sie herabgezogen, mit dem anderen grinste sie unverschämt. Schöner machte sie das nicht. Sie zog die Spannung in die Länge, weidete sich an meiner zur Schau gestellten Verwirrung – nichts interessierte mich im Moment weniger als der saublöde Dateiname – und „erlöste" mich schließlich.

Promissaurum steht für „Goldenes Versprechen". Das wiederum heißt auf albånisch … „Besart".

Jetzt war ich echt erstaunt. Hatte die Feddersen doch tatsächlich eine sentimentale Ader! Und wer rechnete schon in Westdeutschland mit Vornamen von solch blumiger Bedeutung?

„Und dieses goldige …"

„… goldene!"

„… goldene Versprechen wurde in Form von Waffen eingelöst, die Sie lukrativ unter die Leute gebracht haben. Wer waren ihre Abnehmer? Waffennarren? Neonazis?"

„Es ist ersstaunlich, Frau Zöpfelchen, dass Sie scheinbår selbst denn noch eine digge Libbe riskiern, wenn sie in die Mündung einer Knarre kuckn!"

Kurz lief die Konversation Gefahr, zu kippen, dann aber riss sich die Feddersen zusammen. Wie so viele Bösewichte, wollte sie mit ihrer kriminellen Raffinesse brillieren. Wenigstens einer der Spießer sollte mitbekommen, was sie alles draufhatte und anstellte. Hach, was bin ich für ein böses Mädchen!

„Hauptsächlich håb ich schigge kleine Revolver an Dåmen der Gesellschaft vertiggt, teilweise mit Brillis am Griff. Nur in letzter Zeit hadde ich derbere Kundschaaft, Kerle, die beim Anblick einer Kalaschnikow einen Ständer kriegen."

Erneut sank die linke Lefze nach unten. Ich hätte nie gedacht, dass Frollein überkorrekt Anke-*Jedde* Feddersen einen Ausdruck wie „Ständer" überhaupt kannte. So konnte man sich irren …

„Jedenfalls is mein kleines Nebengeschäft extrem eintreeglich. Haab mir inzwischen ein paar Eigentumswohnungen in München und Hamburch gekauft, die ich teuer vermiede."

Während sie plauderte, umrundete sie den Schreibtisch, öffnete eine der kleinen Schubladen und entnahm ihr ein dickes Paketklebeband und ein paar Kabelbinder. Die ganze Zeit über hielt sie mir dabei die Pistole geradewegs ins Gesicht und wandte die Augen keinen Millimeter von demselben ab. Bei der kleinsten Bewegung meinerseits würde sie abdrücken, soviel stand fest.

„So, jetzt legen wir die Hände bråv hinner der Sstuhllehne zusammn – sou is gut."

In dämlicher Babysprache fuhr sie so lange mit ihren Anweisungen fort, bis meine Hände fachgerecht verschnürt waren und wandte sich dann der Aufgabe zu, die ihr sichtlich am meisten Freude bereitete: Sie klebte eine Lage Paketband nach der anderen auf meinen Mund. Nach vier Lagen schien sie endlich genug zu haben. Nun kamen noch die Füße an die Reihe, sie wurden ebenfalls per Klebeband fusioniert.

Kurz dachte ich daran, ihr mit meinem Bein-Zweierpack den Kopf wegzukicken, verwarf den Plan jedoch wieder. Mit hoher Wahrscheinlichkeit würde ich dabei samt Stuhl nach hinten kippen, ohne den Sturz irgendwie abfangen zu können. Eine Ohnmacht war das Geringste, was mir drohte. Und wenn die Feddersen schließlich vor mir aufwachte …

„So, liebe Sascha – ich daaf Sie doch Sascha nennen? – jetzt informiere ich meinen Bekaantn und während wir waaten, schnacken wir nochn büschn."

Sie wählte eine Nummer auf der Scheibe, die ich mir unsinnigerweise merkte. Scheibe deswegen, weil wir ja ein Retro-Hotel sind, wo alles alt oder auf alt gemacht ist. Außer den Computern. Für Verbrecher war das gut, fiel mir ein: keine Wahlwiederholung! Mit derartigen Nichtigkeiten versuchte ich mich von der Tatsache abzulenken, dass es gar nicht doll um mich stand. Und von dem in schönster TV-Krimisprache geführten Telefonat über ein „Paket", das „aufgegeben" werden müsse und „sofort abholbereit" sei.

Da nun die weiteren Schritte in die Wege geleitet waren, textete mich die Hotelmanagerin im Plauderton zu. Sie sprach davon, wie sie Besart Bogdani kennengelernt hatte, als er vor vier Jahren zu ersten Mal im Zenz zu Gast gewesen sei, wie er sie heimlich auf sein Zimmer einlud, sie nach allen Regeln der Kunst „verführde" und ihr schließlich das lukrative Geschäft vorschlug, das sie beide seither betrieben. Er habe ihr gezeigt, was es hieß, wirklich aus dem Vollen zu leben, ein wunderbarer Mann. So einen Mann habe sie noch nie gehabt (worauf ich meine Unschuld verwettet hätte).

Während die Feddersen salbaderte, tobte in meinem Inneren ein Kampf gegen die aufsteigende Panik, gegen die sich mir mit Gewalt aufdrängende Frage, *von wo* der Kerl, der mich abholen würde, angefahren kam, was zeigte, *wie lange* es noch dauerte, bis er hier eintraf, was wohl einen Hinweis darauf geben würde, *wie lange* ich noch **zu leben** hatte!!

Trotzdem hätte ein kleiner unbeugsamer Teil meines Selbst darauf *gewettet*, dass Anke-Jette einen Typen wie Bogdani „noch nie gehabt" hatte – wenn es in ihrem früheren Dasein denn überhaupt mehr als ein paar flüchtige Begegnungen zum Austausch von Körperflüssigkeiten gegeben hatte. Ich weiß, es war gemein, so von jemandem zu denken. Tat ich normalerweise auch nicht. Aber die Frau brachte mich gerade ziemlich in Rage! Und irgendwie musste ich mich ja am Durchdrehen hindern!

„… hat er mir verssprochn, mich irgendwann zur Teilhåberin zu machn. Vielleicht, wenn seine Frau sich hädde scheidn lassn …"

Jetzt heulte das Flintenweib auch noch und rotzte ein paar Taschentücher voll. *Ich* war es doch, bei der hier die Uhr ablief! *Ich* hätte Grund gehabt zum Heulen! Und, jammerte ich etwa wie ein Kleinkind? Nicht, dass ich es mit zugeklebtem Mund gekonnt hätte – meiner Gesundheit zuträglich wäre es wohl außerdem nicht gewesen.

„Das Geld brauch ich ja nu nich mehr, då habb ich ausgesorcht, aber der Spass wird mir fehln und der Besort wa soon fantastischn Kerl!

Wenn ich den erwische, der mir den Besort genomm hat, knall ich ihn über den Haufn!!"

Prima! Jetzt war auch noch klar, dass die Feddersen als Bogdanis Mörderin ausschied. Ich würde hier also wegen einer völlig sinnlosen Aktion ins Gras beißen! Da hätte ich mir etwas anderes erhofft. Wenigstens sollte auf meinem Grabstein sowas stehen wie, „Sie starb in Erfüllung ihrer tapferen Bürgerpflicht", oder „Tollkühn hat sie gelebt, tollkühn ist sie gegangen (… worden, die red.)"!

Da klopfte es leise an der Tür. Die Feddersen öffnete rasch und ein mittelgroßer bulliger Kerl mit kahl rasiertem Kopf trat ein und sprach nur ein paar knappe Worte. Ganz klar der Mann fürs Grobe. Welche Schmach, gekillt von einem Klischée … Der Typ, den Anke-Jette Edward nannte, hatte keine Scherenhände, dafür Kräfte wie ein Bär. Er hob mich samt verschnürter Hände und Füße senkrecht nach oben, als wöge ich nur 10 Kilo, warf mich wie einen zusammengerollten Teppich über die Schulter und verließ das Büro, ohne dass einer von uns den Türrahmen streifte. Von schräg unten sah ich noch Anke-Jettes verzerrte Schräglippe, böse lächelnd steckte sie die Pistole zurück in ihre Handtasche.

Mit mir als Sperrgut stieg der Muskelmann schnell und lautlos die Treppe hinunter in den Keller des Zenz. Bangen Herzens fragte ich mich, was er dort wollte. Denn es gab im TG nur die Waschküche und einen Abstellraum, der Rest des Kellers wurde von unserer Tiefgarage eingenommen, die allerdings – aus welchem Grund auch immer – von hier aus nicht betreten werden konnte. Der untere Gang endete blind. Wollten die beiden Verbrecher mich hier ablegen und versauern lassen!? Aber nein. Zu oft kamen Angestellte in den Keller, um Wäsche zu waschen, oder der Gärtner, der inzwischen wieder genesen war, holte etwas aus der Kammer. Da würde mich zu schnell einer entdecken.

Wir schritten Richtung Abstellraum. Dann legte Superman mich neben der Eingangstür desselben entlang der Wand ab, betrat den Raum, der etwa 30 Quadratmeter maß und machte sich an irgendetwas zu schaffen. Es klickte leise, dann schabte eine kurze Weile etwas über den Boden, dann war es still. All diese Aktivitäten und Geräusche, deren Ursprung ich nicht sehen konnte, triggerten meine ohnehin inzwischen dem Ausflippen nahe Fantasie.

Öffnete sich jetzt eine Luke im Boden unter der sich ein Schacht auftat, der in einem unterirdischen Fluss endete, in dem man Körper auf Nimmerwiedersehen verschwinden lassen konnte? Mann, ich hatte echt zu viele Edgar-Wallace-Filme gesehen. Ich musste mich mit aller Kraft zusammenreißen und mir, im Geiste, zubrüllen, dass es an dieser Stelle in München Schwabing keine Flüsse *gab*! Als ich mich gerade wieder etwas beruhigt hatte, kam Attila aus der Kammer, hob mich erneut auf seine breiten Schultern und wir betraten den Abstellraum.

Jetzt spürte ich auch, dass etwas nicht normal war. Irgendwie zog es – in einem fensterlosen Raum!? – und es roch nach Abgasen. Bevor ich mir einen Reim auf all das machen konnte, passierten wir eine Tür, die es gar nicht gab und standen plötzlich in der Tiefgarage. Also doch! Eine Geheimtür! Wie im Fernsehkrimi! Ich zweifelte an meinem Verstand.

Der Kraftmeier schwang um die eigene Achse, mein Kopf beschrieb einen Halbkreis wie auf einem Karussell, was meinem Magen gar nicht bekam. Nur jetzt nicht kotzen!, dachte ich – mundverklebt, wie du bist, wars das sonst ... Mein Peiniger hatte anscheinend einen weiteren Mechanismus betätigt, denn die Tür verschloss sich wieder, fast lautlos.

Jetzt sah ich auch, dass sie von dieser Seite mit riesigen leuchtend orangen und schwarz umrandeten Zeichen getarnt war, die unmissverständlich „An dieser Stelle nicht parken!"

symbolisierten. Es machte die Umrisse der Tür praktisch unsichtbar. Fast musste ich die verbrecherische Managerin und ihre Handlanger für ihre Finesse bewundern!

Die Drehung zurück hatte ich erwartet, drum wurde mir diesmal nicht ganz so schlecht. Schon beim nächsten Auto, einem riesigen rauchgrauen SUV, hielten wir wieder an. Muskel öffnete den Kofferraum und verstaute mich darin rasch und sorgfältig. Alles war hier mit dickem Schaumstoff ausgekleidet, dessen Ausbuchtungen an der Oberfläche an Eierkartons erinnerten.

Wenigsten machen sie es ihren Opfern bequem, bevor sie sie entsorgen, dachte ich und musste ein irres Lachen unterdrücken. Saubere Arbeit, dachte ich noch, dann schlug der Deckel zu und alles wurde schwarz.

19 Sonntag - Kamikazeschwester

Als nächstes hörte ich dumpfe Stimmen von außerhalb meines Gefängnisses, konnte aber kein Wort verstehen. Schlagartig wurde mir klar, dass der Schaumstoff mitnichten Komfort-, sondern Isolationszwecken diente! Das brachte mich überraschenderweise so sehr in Wut, dass ich darüber meine Panik vergaß! Ich versuchte zu lauschen, nahm aber jetzt nur ein andauerndes Pochen wahr. Plötzlich knallte etwas mit solcher Wucht auf das Kofferraumdach über mir, dass ich heftig zusammenzuckte. Der ganze Wagen wackelte, dann war wieder Ruhe. Ziemlich lang passierte gar nichts. Was war da draußen bloß los?!

Ohne Vorwarnung wurde der Kofferraumdeckel aufgerissen und ich wurde blind. Meine Augen schmerzten heftig, ich konnte sie einfach nicht öffnen, die plötzliche Helligkeit war zu gleißend gewesen. So vergingen lange Sekunden schrecklicher Ungewissheit, welcher Anblick sich mir gleich bieten würde. Bevor ich jedoch wieder sehen konnte, hörte ich eine aufgeregte Stimme.

„Mein Gott, Sascha, bist du in Ordnung?!"

Der Mount Everest fiel mir vom Herzen. Die Stimme gehörte Arnold, meinem lieben Bruder!

„Nimm sie an den Füßen, ich nehme die Schultern ...", erklärte mein Bruder im ungewohnten Kommando-Ton und jemand machte sich stöhnend an meinen Beinen zu schaffen. Wieder wurde ich in die Höhe gehoben, diesmal aber wesentlich unsanfter und irgendwie unprofessioneller. Ich hätte schreien können vor Glück! Dann wurde ich auf den Boden gelegt, mein Oberkörper wurde aufgerichtet und an den

157

Wagen gelehnt und verschiedene Hände machten sich an meinen Arm- und Fußfesseln zu schaffen und zogen mir die Klebebänder vom Mund.

Als ich nach viel Geblinzel wieder die Welt erblickte, sah ich in die riesigen erleichterten Gesichter von Arnold und Lara. Obwohl ich vor Schmerz und Steifigkeit die Arme kaum bewegen konnte, streckte ich sie nach vorne, zog mit aller Kraft meine beiden Retter an mich, flüsterte „Danke, danke …" und heulte los.

Wir saßen in Arnolds Wohnung am Tisch und ausnahmsweise gab es nur Aufgewärmtes vom Abend, der schon weit über 10 Stunden vergangen war. Trotzdem schmeckte alles dreimal so gut wie im Hotel Zenz, was vielleicht auch – aber nicht nur! – daran lag, dass ich mich fühlte, wie dem Tod nochmal von der Schippe gesprungen. Was vermutlich der Wahrheit entsprach.

Ich erinnerte mich daran, wie ich nach meiner Befreiung Muskelmann gesehen hatte, der, mindestens dreimal so fest zum Paket verschnürt wie ich noch vor Kurzem, an der Wand der Tiefgarage lehnte. Er hatte ein komplett zugeschwollenes Auge, das Arnold ihm verpasst hatte und eine Beule von der Größe eines Tennisballs, für die Lara und ein Baseballschläger stolz als Verantwortliche firmierten. Den hatte einst ein amerikanischer Gast im Hotel vergessen, wollte ihn aber nicht zugeschickt bekommen. Seither lagerte er im Abstellraum und wartete auf die mögliche Rückkehr seines Herrn. Dann hatten wir Attila in seinen Wagen verfrachtet, was einigermaßen schwierig war, der Typ wog Zentner! Schließlich war es uns gelungen.

Erst, als Arnold mit dem grauen SUV die Tiefgarage verlassen hatte und Lara und ich ihm mit seinem Wagen Richtung Autobahn München-Nürnberg hinterhergefahren waren, hatte sich eine ausgelassene Stimmung breitgemacht, die 12-jährigen weiblichen Teenies alle Ehre gemacht hätte. Lara und ich hatten herumgealbert und gegackert, alles aus maßloser Erleichterung, dass doch noch alles gut gegangen war.

Als wir uns schließlich wieder eingekriegt hatten, hatte Lara erzählt, wie die beiden mir überhaupt hatten zu Hilfe kommen können. Arnold hatte Lara beauftragt, ein Auge auf mich zu haben, schließlich würde ich ja immer volles Risiko fahren und man habe es hier schließlich mit einem Mörder zu tun.

Als ich später in der Wohnung meines Bruders diesen ob seiner Sorge um mich gerührt anblickte, bestand der prompt darauf, dass er nur *deshalb* meine Gesundheit habe schützen wollen, weil wir sonst womöglich nie beweisen könnten, dass Lara an Bogdanis Tod unschuldig sei. Letztere sah bei Arnolds mit ernster Miene vorgetragener Deklamation mit einem leicht süffisanten Grinsen vor sich hin, sagte aber nichts.

Im Auto hatte ich weiter erfahren, dass Lara mich hatte gegen 22:00 Uhr ins Büro schleichen sehen und sich in der Nähe der Rezeption, verborgen hinter dicken Pflanzenkübeln mit Philodendren und Monstera, auf der Lauer gelegt hatte, um mich zu warnen, falls jemand sich dem Büro näherte. Oder, um denjenigen als Zeichen für mich lautstark abzulenken. Sie hatte gesehen, wie Otto sich um 22:30 Uhr auf den Heimweg machte und gefiebert, ich möge jetzt endlich wieder rauskommen.

Dann aber war die Feddersen gegen 23 Uhr mit solcher Geschwindigkeit angerauscht, dass Lara einfach nicht mehr rechtzeitig hatte eingreifen können. Sie war jedoch sofort in die Rezeption geschlichen und hatte an der Bürotür gelauscht. So bekam sie alles mit, was sich drinnen abspielte, einschließlich des Umstandes, dass ein mutmaßlicher Meuchelmörder telefonisch herbeordert wurde.

Da ging meine Kollegin kurz nach draußen und rief Arnold an. Beide beratschlagten, was zu tun sei und ob man jetzt nicht besser die Polizei einschalten sollte. Sie entschieden sich dagegen, weil wir dann alle drei hätten erklären müssen, was wir hier taten und weil Arnold keine weitere polizeiliche Aufmerksamkeit auf Lara richten wollte.

Während Arnold im Turbogang zum Zenz gefahren war, hatte Lara im Hotel rasch all die Utensilien zusammengesucht, die man zum Schach-Matt-Setzen eines, vielleicht zweier Verbrecher brauchen konnte: eine lange Wäscheleine zum Fixieren, ein paar Lumpen als Knebel, besagten Baseballschläger als Waffe. Was Lara während ihrer Suchaktion vom Geplauder der Feddersen nicht mitbekommen hatte, war rasch erzählt. Dass auch sie nicht die Mörderin war, sorgte kurz für schlechte Stimmung. Dann berichtete Lara weiter.

„Ich hockte wie auf Kohlen hinter meinen Zimmerpflanzen, ob es Arnold rechtzeitig vor dem Killer ins Hotel schaffen würde. Als der breite Typ dann aufkreuzte, ist mir das Herz in die Hosentasche gerutscht. Ich beobachtete, wie ihr in Richtung Keller verschwunden seid, und hatte gerade mein Handy gezückt, um doch noch die Polizei anzurufen, als Arnold plötzlich hinter mir stand und das Handy festhielt. Fast hätte ich laut aufgeschrien!

Später am Esstisch erwiderte Arnold auf den vorwurfsvollen Blick seiner Angebeteten hin:

„Ich hatte meinen Wagen in der Seitenstraße geparkt, an der die Einfahrt zu eurer Tiefgarage liegt und als ich ausstieg, fuhr ein großer dunkler SUV in die TG. Ich hatte den Typen am Steuer nur kurz gesehen, aber er erschien mir wie der Prototyp eines Schlägers. Also rannte ich so schnell wie möglich zum Haupteingang, als mir einfiel, dass ja ab halb elf Uhr abgeschlossen ist und ich keinen Schlüssel hatte!

Gerade noch rechtzeitig konnte ich mich in den Schatten eines benachbarten Hauses verdrücken, als der Kerl auch schon ankam. Dann schlich ich zur Eingangstür und spähte vorsichtig in die schwach erleuchtete Hotellobby. Ich sah, wie der Mann aus dem Büro kam mit einem Bündel über der Schulter, das nur meine Kamikaze-Schwester sein konnte."

Jetzt sah *Arnold mich* vorwurfsvoll an. Ich quittierte es mit einem schuldbewussten Lächeln, bis er fortfuhr.

„Ich schob mich gerade durch die Tür, die der Kerl Gott sei Dank offengelassen hatte, als Lara anfing auf ihrem Handy herumzutippen. Ich hab geahnt, was sie vorhatte und hab meinen Daumen auf den Ausknopf ihres Handys gelegt."

Dann waren die beiden meinem Mörder in Spe und mir gefolgt und hatten ihn überwältigt.

Auf der Autobahn hatten wir so lange geredet, dass wir uns inzwischen kurz vor der Autobahnausfahrt nach Nürnberg befanden. Als aus der Dunkelheit ein Schild mit der Aufschrift „Nächste Autobahnraststätte 5 Kilometer" auftauchte, war schnell ein einstimmiger Entschluss gefasst. Wir riefen Arnold im Wagen vor uns an, der bereits die gleiche Idee gehabt hatte.

Mit den beiden Autos fuhren wir ans Ende der Pkw-Parkplätze, möglichst weit von den Lkws mit ihren schlafenden oder vielleicht gerade schlaflosen (!) Fahrern entfernt. Dort ließen wir den Wagen stehen und öffneten den Kofferraumdeckel. Es war eine laue Nacht, der Mordbube würde frieren, aber nicht *er*frieren, dann ließen wir ihn mit einem freundlichen „Schöne Träume" allein und fuhren mit Arnolds Gefährt nach München zurück.

Trotz der späten Stunde war uns allen noch immer nicht nach Schlafengehen, dazu waren wir viel zu aufgekratzt.

„Jetzt kann ich Euch auch endlich erzählen, was ich im Tambosi herausgefunden hab", fing Arnold plötzlich an. Innerlich musste ich zugeben, dass ich das Café, nach dem Bogdani unseren Otto gefragt hatte, ganz vergessen hatte. Umso offenkundig interessierter verfolgte ich den Bericht meines Bruders.

„Ich hatte gleich am Samstagabend Erfolg, bei meinem zweiten Besuch im Tambosi. Ein Kellner mit Namen Silvio erkannte Bogdani auf dem Bild sofort. Ohne, dass ich ihn erst darauf aufmerksam machen musste, fing er an zu erzählen. Der Ermordete sei mit einem anderen Mann dagewesen und sie hätten sich nach einem Kaffee und je zwei Stück Torte mit einem riesigen Trinkgeld vom Kellner verabschiedet, der ihnen noch dankbar hinterherschaute, als sie in Richtung Hofgarten verschwanden.

Ich musste Silvio natürlich fragen, ob er sich an den anderen Mann erinnern konnte, wie der ausgesehen hatte, etc. pp. Dazu habe ich so getan, als wäre ich Journalist einer bekannten Boulevardzeitung, hab mir sogar vorher einen kleinen Presseausweis gebastelt, mit Foto und so, und durchblicken lassen, dass es durchaus möglich sei, den Namen des Kellners im Artikel zu erwähnen."

Bei seinem letzten Satz blickte mich Arnold durchdringend an und sagte schließlich, was ich mir gerade zu denken verboten hatte:

„Ein bisschen was, hab ich von Dir anscheinend doch gelernt …"

Ich konnte nicht anders, als ihn breit anzugrinsen und er hatte Mühe, seine Mundwinkel daran zu hindern, sich zu heben. Nach diesem kurzen Moment der Harmonie blickte Arnold rasch wieder weg und fuhr fort.

„Der Kellner hat doch tatsächlich den Vornamen des zweiten Mannes aufgeschnappt. Jetzt kommts:"

– Kunstpause –

„Der Name war Hanno".

Lara und ich sahen Arnold mit offenen Mündern an.

„Echt jetzt?!", sagte Lara nach einer kleinen Ewigkeit.

„Das musst du unbedingt deinem Kommissar unterjubeln und zwar pronto."

Nachdem ich versprochen hatte, ebendies gleich am Dienstag zu tun, malten wir uns aus, wie ich es anstellen sollte. Wieder mal hatte Lara, das unbekannte Wesen, den besten Einfall: Ich würde meinem Toni schmeicheln, dass die Polizei ja soo effektiv arbeite und siicher das gesamte Bewegungsprofil von Bogdani in seiner Münchenwoche nachvollzogen habe. Was Bogdani wohl im Tambosi gewollt habe – „Ich weiß ja, dass du mir nichts Dienstliches erzählen darfst" – aber Lara habe ihr halt ganz aufgeregt von der Information des Rezeptionisten Otto berichtet. Nachdem ich diese Bombe platziert hätte, sollte ich direkt über Belangloses weiterplaudern, bis sich Toni wohl überraschend verabschieden würde, möglicherweise „Migräne" vorschützend.

Darüber lachten wir erneut so ausgelassen wie kleine Mädchen und mein Bruder sah uns erstaunt, aber auch amüsiert dabei zu.

Wir plauderten noch bis um 6 Uhr früh. Lara und ich hatten nach der Nachtschicht gestern heute erst ab Nachmittag (ich) beziehungsweise ab Mittag (Lara) Dienst und ich schlief, sobald ich mich auf dem Sofa in der kleinen gemütlichen Wohnung meines Bruders abgelegt hatte, sofort wie ein Stein.

20 Montag – Rot wie Blut, Weiß wie Schnee

Nachmittags war ich zwar noch nicht vollständig wiederhergestellt, trat aber, wie immer, pünktlich meinen Dienst im Hotel an. Lara hatte mich gestern Abend noch darüber informiert, dass sie unseren Koch Georg wegen möglicher Kontakte des Zenz zum Organisierten Verbrechen ausgefragt hatte. Der hatte davon nichts zu berichten gewusst. Und als Küchenchef hätte er davon Wind bekommen müssen – spätestens, wenn die Feddersen ihm mangelhafte Lebensmittel untergejubelt hätte, was nie der Fall gewesen war.

Im Gegenteil, Georg konnte selbst darüber bestimmen, was er wo einkaufte und hatte dabei nur die eine Vorgabe, dass alles von höchster Qualität sein müsse. Diese Bedingung erfüllte er mit Vergnügen, schließlich war er mit Leib und Seele ein Spitzenkoch.

Gegen 22 Uhr, nach 6 Stunden Arbeit, machte sich in mir dann doch die Müdigkeit breit. Eigentlich hätte ich vor meinem Feierabend noch eine Waschmaschine durchlaufen lassen müssen, aber stattdessen trietschelte ich unschlüssig herum und rang mit der Versuchung, das erst morgen zu erledigen, wofür ich dann aber am kommenden Tag eine halbe Stunde eher würde anrücken müssen. Da ich zu keinem Ergebnis kam, beschloss ich, kurz in der Küche vorbeizuschauen, wo meines Wissens heute auch Georg noch Dienst hatte. Ich warf eine metaphorische Ein-Euro-Münze: Wenn ich Georg antraf, würden wir eine Partie Watten hinlegen, wenn nicht, hätte die Waschmaschine gewonnen.

Leider war die Küche, als ich sie betrat, verwaist. Einen Riesenseufzer auf den Lippen drehte ich mich um, als mir im

Augenwinkel ein großes dunkelrotes Tuch auffiel, das an der Hakenleiste in der hinteren Küchennische hing. Dort sollten eigentlich nur frische Schürzen hängen, und die waren blütenweiß. Neugierig, wie ich nun mal bin, ging ich nachsehen. Das Tuch entpuppte sich als Georgs Jacke, die ich erkannte, sobald ich nahe genug war.

Wieder wollte ich endlich gehen, da erkannte ich, dass sich hier die vielleicht einmalige Gelegenheit bot, herauszufinden, wie alt Georg nun wirklich war. Er machte darum ja immer ein großes Geheimnis und mochte wirklich alles sein zwischen 35 und 55. Dann konnte ich ihn demnächst zu einer Wette animieren und ihm sein korrektes Alter auf den Kopf zusagen – was für eine Spaß!

Rasch hatte ich alle Taschen abgeklopft und war in einer Innentasche auf der linken Jackenseite fündig geworden. Ich zog Georgs Brieftasche heraus, sah flink die Plastikkarten durch und blieb beim Personalausweis hängen. Aha, war er also, wie gedacht, älter, als er aussah! Beim Zurückstecken der Brieftasche fiel mir ein abgegriffenes, in der Mitte gefaltetes Dokument auf, das ich versehentlich mit herausgezogen hatte und das mich an den uralten Führerschein aus dem Nachlass meiner Mutter erinnerte. Ich öffnete und las:

Gjergj Hasi, geboren in Albanien …

Gedankenverloren steckte ich alles zurück in die Jackentasche, als sich die Tür öffnete. Ich fuhr herum und erblickte Georg, der gut gelaunt fragte, ob ich ihn hatte besuchen wollen, als sein Blick sekundenschnell zu seiner Jacke huschte und wieder zurück zu mir. Vielleicht hatte ich mir das auch nur eingebildet. Denn an seiner Miene konnte ich keinerlei Veränderung ablesen. Entgegen meinem ursprünglichen Plan murmelte ich eine Entschuldigung, dass es jetzt leider zu spät sei für ein Spiel und ich noch eine Ladung Wäsche waschen müsse. Mechanisch wünschte ich Georg eine gute Nacht und schob mich an ihm vorbei aus der Küche.

Ich brauchte jetzt Zeit zum Nachdenken.

Wie auf Autopilot stieg ich hinunter in den Keller.

Da kam mir Milena von unten entgegen. Ich grüßte sie verwirrt und fragte mich, was sie wohl im Keller gemacht hatte. Hatte sie heute nicht bereits Feierabend? Aber bevor ich sie ansprechen konnte, war sie schon gedankenverloren vorbeigerauscht.

Die Waschküche war mit niedrigen aber breiten und vor allem vielen Fenstern hoch oben in der Außenwand ausgestattet. Man konnte die Fenster jeweils mittels eines Gestänges weit kippen, um gegebenenfalls die feuchte Luft entweichen zu lassen. Heute waren sie alle geschlossen.

Während ich Wasser in einen Sitzbadewannen großen Zuber laufen ließ, schossen mir verstörende Gedanken durch den Kopf. Warum hatte mir Georg nicht erzählt, dass er aus Albanien stammte, nicht aus der Türkei? Dass er das seiner künftigen Schwiegerfamilie verheimlichen wollte, hätte ich ja verstanden – aber mir? Und seinen anderen Kollegen? Wozu? Wenn er früher albanischer Staatsbürger war, hatte er Bogdani vielleicht doch gekannt? Hatte *er* Bogdani etwa … Aber es fehlte nach wie vor ein Motiv! Oder lag das Motiv etwa in der Vergangenheit?

In Gedanken versunken hatte ich mir die Putzhandschuhe angezogen und die Wanne fast ganz volllaufen lassen. Um eine Überschwemmung zu vermeiden, drehte ich schnell den Hahn

zu. Dann begann ich, das sogenannte Spotz-Cloth vorzube-
handeln. So nannten wir vom Housekeeping Bettwä-
sche/Handtücher etc., die einer händischen Vorwäsche be-
durften – aus welchen Gründen auch immer, don't ask – bevor man sie der Waschmaschine zumuten konnte. Letzthin
musste ich mich mit einem Bettlaken verlustieren, dessen
Mitte ein riesiger dunkelroter Fleck zierte. Ob der von einem
verschütteten Glas Rotwein stammte oder vom Blut einer vor-
maligen Jungfrau, wollte ich gar nicht wissen.

Diesmal mussten vier Handtücher vorgereinigt werden, die
aus der edlen von Söttingen Serie stammten, schneeweiß mit
schwarzem Emblem.

Tief über die Wanne gebeugt, versuchte ich mich erstmal
von meinen schwerwiegenden Gedanken und vor allem den
Folgen meiner neuen Erkenntnisse abzulenken, denen konnte
ich mich später auf meiner Couch in Ruhe widmen. Also wäs-
serte und wrang ich die unappetitlichen Handtücher erst einmal ohne Waschmittel aus, um den gröbsten Dreck schon
vorab zu entfernen und Chemie zu sparen. Schließlich sind wir
ein „Hotel mit Sinn für ökologische Verantwortung", wie es
im Prospekt steht.

Ohne Vorwarnung traf mich ein harter Schlag am Hinterkopf, mein Gesicht wurde ins Wasser gestoßen. Automatisch
verschlossen sich Mund und Nasenhöhle, ich ruderte verzweifelt mit den Armen, bekam mit einer Hand den Wannenrand
zu fassen, die andere stemmte sich gegen den Wannenboden.

Ich zog und stieß mit Händen und Beinen um mich, wand
mich, versuchte mich zu drehen. Doch der unbekannte An-
greifer hielt mich so fest wie ein Schraubstock. Ich bäumte
mich auf wie ein Rodeo Pferd, aber ich schaffte es nicht, das

erdrückende Gewicht abzuschütteln. Mit aller Kraft kämpfte ich weiter und weiter, riss meinen Körper unkontrolliert hin und her, versuchte Finten und Richtungswechsel, stieß mich mit den Händen ab, probierte, wenigstens den Kopf zu drehen, um auf der Seite ein bisschen Luft zu bekommen – alles vergebens.

Stunden schienen vergangen zu sein. Langsam wurden meine Muskeln schwer wie Blei. Das Sichtfeld meiner weit aufgerissenen Augen dunkelte vom Rand her langsam ein. Schließlich tauchten überall vor mir schwarze Punkte auf. Würde es hier und jetzt enden? Alles in allem gäbe es keinen Grund zum Bedauern – ich hatte ein wirklich erfülltes Leben gehabt. Mehr als wohl die meisten anderen Menschen, die ich in den 38 Jahren meiner irdischen Existenz kennengelernt hatte. Auf einmal schien es unerträglich anstrengend, mich weiter zu wehren. Arme und Beine versagten mir den Dienst, der Sauerstoff in meinen Lungen wurde sehr knapp.

Meine eine Hand ließ den Wannenrand los. Ihr gegen den Wannenboden gestemmtes Gegenstück erschlaffte. Mein ganzer Körper verlor seine Spannung und hing wie ein nasser Sack über der Klippe zwischen Leben und Tod. Der Druck an meinem Kopf war kaum noch auszuhalten. Meine Lungen wollten platzen, mir schwanden die Sinne.

„Lass einfach los …", flüsterte eine Stimme in meinem Inneren, „…es wird schon nicht so schlimm sein … bestimmt geht es ganz schnell … dann wird alles endlich leichter …".

Wie durch dicken Nebel bemerkte ich, dass der Druck auf meinen Hinterkopf plötzlich nachließ. In einer einzigen fließenden Bewegung stieß mich meine Linke vom Boden ab, mein Körper drehte sich im Uhrzeigersinn um die eigene

Achse, mein rechter Ellbogen rammte mit der Kraft der Verzweiflung den Körper hinter mir. Die Linke schoss herum, krallte sich blind in das, was sie zu fassen bekam und stieß es ins Wasser. Ich sprang mit den Knien voran auf den Körper, der jetzt unter mir in der Wanne lag.

Mit aller Gewalt umklammerte ich den Oberarm, der versuchte, sich unter meinen Gewicht freizukämpfen. Das Gesicht des Monsters lag bis zur Unterlippe unter Wasser, der Hinterkopf an den Wannenrand gegenüber gepresst, der Nacken um 90 Grad abgeknickt. Es schrie und ruderte mit den Beinen, kämpfte wie ein Berserker. Wenn es freikam, war ich tot.

Verzweifelt bemüht, das Gleichgewicht zu bewahren, quetschte ich ihm mit Daumen und Zeigefinger meiner Linken die Nase zu. Als es den Mund aufriss, um Luft zu holen, schaufelte ich mit der Rechten halb von Sinnen in Höchstgeschwindigkeit Wasser und Wasser und Wasser in seinen Mund. Es spotzte und spie, sog Luft ein und hustete, verschluckte sich, röchelte.

Schließlich sackte es in sich zusammen und flüsterte heiser, atemlos:

„Sascha, bitte verzeih mir".

Ich ließ los.

21 Montag – Eene Meene Muh …

Unter größter Mühe stieg ich von der Person, die mich hatte umbringen wollen, herunter und aus der Wanne. So verkrampft wie sie waren, konnte ich meine Gliedmaßen nur in Zeitlupe bewegen. Wieder festen Boden unter den Füßen schüttelte und stampfte ich das Leben zurück in meine geschundenen Muskeln. Dabei ließ ich das keuchende und wimmernde Elend, das am Boden des Beckens kauerte, nicht aus den Augen.

„Du hast ihn umgebracht, weil er deiner Familie etwas angetan hat, nicht wahr – Georg … Gjergj?", wandte ich mich mit zitternder Stimme an meinen Beinahe-Mörder.

Lange Zeit herrschte Schweigen. Dann öffnete Georg die geröteten Augen und sah mich an.

„Es tut mir so leid", hauchte er, „Ich wollte dich nicht … Ich bin so froh, dass du lebst! … Ich hab total den Kopf verloren."

Mit einigem Kraftaufwand gelang es uns beiden, Georg aus dem Wasser und der Wanne zu hieven. Schließlich saß er triefend nass am Boden der Waschküche, den Rücken an die Wannenseite gelehnt, ich kniete ihm gegenüber, der Pferdeschwanz war aufgegangen und die nassen Haare klebten mir im Gesicht. Zum ersten Mal im Leben bedauerte ich, dass ich nicht rauchte. Ein dreifacher Cognac wäre jetzt auch nicht schlecht gewesen.

Immer noch schwer atmend, erzählte Georg von seiner Kindheit in Shkodra, einer Stadt im nördlichen Albanien, die bis ins 15. Jahrhundert lang von den Venezianern beherrscht worden war. Mit 18 war Gjorgj als ältester Sohn seiner Familie nach Deutschland gekommen, um Arbeit zu finden, die es in Albanien nicht gab. Als intelligenter und ehrgeiziger junger Mann, hatte er sich rasch die deutsche Sprache beigebracht und seinen Lebensunterhalt zunächst mit jeder Art Arbeit bestritten, die er finden konnte.

Schließlich hatte Gjorgj eine Lehre als Koch begonnen. Seinen Vornamen wandelte er bald in Georg um, weil dies Einiges leichter für ihn machte in seiner neuen Heimat – sein albanischer Nachname Hasi war in dieser Hinsicht ein Glücksfall. Auch sein Äußeres unterschied sich in nichts von dem mancher deutsch-türkischer Männer, mit seinen dunkelbraunen Haaren und den blauen Augen.

Da traf es mich wie der Blitz. Jetzt *wusste* ich endlich, woran mich der Siegelring am Finger des toten Besart Bogdani die ganze Zeit erinnert hatte. An das *Dessert*, das Georg zubereitet hatte, als ich meinen Bruder zum ersten Mal im Hotel wiedersah! Mit welcher Vehemenz er nach dessen Verzehr den Löffel in die Spüle geschmissen hatte! Das war ein Tag vor dem Mord gewesen!

Inzwischen erzählte Georg weiter. Sein Deutsch hatte er damals immer weiter perfektioniert, bis schließlich kein Akzent in seiner Aussprache mehr zu erkennen war. Er wollte entweder in Deutschland bleiben, oder als gemachter Mann in seine Heimat zurückkehren.

Wie viele junge albanische Männer in dieser Zeit überwies Georg monatlich den größten Teil seines Lohns an seine Familie in Albanien, wo damals, 1993, fast die ganze Bevölkerung in Armut lebte. Mehr als 400.000 im Ausland arbeitende Männer wie Georg sorgten dafür, dass sich das Sparvermögen der Albaner bis 1995 auf 600 Millionen US-Dollar gesteigert hatte, bis 1996 sogar auf über 700 Millionen Dollar.

Weil damals das albanische Bankensystem noch sehr unterentwickelt gewesen war, hatte die einheimische Bevölkerung ihre neu erworbenen kleinen Reichtümer meist nicht als Spareinlagen angelegt. Vielmehr versuchten die Albaner, berauscht vom wirtschaftlichen Aufstieg, der endlich auch ihre Heimat erfasst hatte und völlig unerfahren in Geldanlagen, die wertvollen Dollars zu vermehren, indem sie investierten.

Das rief viele Betrüger auf den Plan, die hohe Zinssätze versprachen, die Leute aber in Wirklichkeit nur um ihr Geld brachten. Am schlimmsten trieb es eine Gruppe von kriminellen „Investoren", die nach dem berüchtigten Ponzi-System, einer Art Schneeballsystem, arbeiteten. Da den albanischen Kleinanlegern zu Beginn stattliche Zinsen ausbezahlt und immer höhere Gewinne versprochen wurden, verkaufte ein großer Teil der Bevölkerung sein Hab und Gut und „investierte" auch dieses Geld in die vermeintlich rosigere Zukunft. Zum Schein hatten die Investoren tatsächlich ein paar kleine Firmen gegründet, die ein bisschen Profit abwarfen.

Im Frühjahr 1997 hatte sich das Vermögen der 16 betrügerischen Pyramiden-Firmen auf 1,2 Milliarden US-Dollar vermehrt, mehr als 50% des Bruttoinlandsproduktes des damaligen Albanien. Als kurz darauf fast alle Pyramiden-Firmen Insolvenz anmeldeten, fiel die Bevölkerung aus allen Wolken. Ein Großteil der Albaner hatte sein gesamtes Vermögen, wenn nicht den gesamten Besitz verloren und stand vor dem Ruin.

In einem gigantischen Volksaufstand ab Februar 1997, der als Lotterieaufstand in die Geschichte Albaniens einging, standen die wütenden Bürger gegen ihre Regierung auf, der sie mangelhaften Schutz vorwarfen und sogar Beteiligung an dem gigantischen Betrug. Schnell verwandelten sich die Massenproteste in gewaltsame Aufstände, Militärlager wurden geplündert und Waffen erobert. Militär und Polizei sympathisierten mit den ruinierten Bürgern und gingen kaum gegen sie vor. Kriminelle Banden nutzten die Gunst der Stunde, plünderten, raubten, zerstörten und errichteten mancherorts eine lokale Schreckensherrschaft.

Bis Mitte März hatte der Staat, trotz Aufgebots an Panzern und anderen repressiven Mitteln, die Kontrolle über das Land komplett verloren. Eine rasch eingesetzte Übergangsregierung bat das Ausland schließlich um militärische Hilfe. Am 16. April waren 6000 Mann aus acht europäischen Staaten einschließlich Italien, Rumänien und der Türkei in Albanien gelandet mit dem UN-Auftrag, humanitäre Hilfe zu leisten und geordnete Neuwahlen zu organisieren.

Ende Juni fanden diese Neuwahlen statt, bei denen die Opposition gewann. Die UN-Truppen mussten noch viele Monate lang im Land bleiben, bis die Ordnung komplett wiederhergestellt war. In einigen Landesteilen dauerte Letzteres noch Jahre.

Wie viele Todesopfer diese historische Katastrophe gefordert hat, ist bis heute unklar. Ebenso unbekannt sind bis heute die Drahtzieher und Profiteure des damaligen Massenbetrugs. Ungeklärt sind bis jetzt die Verbindungen zwischen Organisiertem Verbrechen, Politik und den Betreibern der Betrügerfirmen, weshalb die Verantwortlichen niemals zur Rechenschaft gezogen wurden.

„Mein Vater hatte unser gesamtes Geld verloren, das Schulgeld für meine beiden Brüder nicht mehr aufbringen können, nicht einmal mehr etwas zu essen konnte er kaufen. Das kleine Haus mit dem winzigen Garten, das er noch besaß, war ein Dach über dem Kopf, nicht mehr. Das kleine Gemüsebeet reichte nicht aus, seine Frau und die beiden Kinder zu ernähren. Nirgendwo gab es Arbeit.

Als Familienoberhaupt hatte mein Vater die Verantwortung. Er erschoss sich im Mai 1997, nachdem mein jüngster Bruder in der Gewalt der Aufstände ums Leben gekommen war. Meine Mutter, der das ganze Unglück das Herz brach, starb nur ein halbes Jahr später. Mein 2. Bruder wurde drogenabhängig und starb drei Jahre nach meiner Mutter an einer Überdosis."

...

„Es war Zufall, dass ich auf Besart Bogdani getroffen bin – oder vielleicht Schicksal. Schon vor langer Zeit habe ich eine Liste mit Namen verfasst, die ich in jahrelanger Kleinarbeit seit dem Tod meiner Familie zusammengetragen habe. Ich war damals besessen von dem Gedanken an Rache. Ich glaube, nur er hat mich diese Zeit überleben lassen. Nächtelang hab ich am PC gehangen, Berichte im Internet recherchiert, war in jedem einschlägigen Chat Mitglied, traf mich mit Landsleuten, die die Katastrophe im Land miterlebt hatten und nach Deutschland geflohen waren.

Einmal bin ich zu einem solchen Treffen sogar nach England gefahren. Aber außer, dass meine Liste immer länger wurde, kam rein gar nichts bei all dem heraus. Aus Frust lernte ich die Liste, auf der inzwischen 35 Namen standen, auswendig. Ich kann sie Dir noch heute hersagen. Es war meine einzige Hoffnung, dass ich einmal einen von ihnen in die Finger bekommen und zur Rechenschaft ziehen könnte.

In der Folgezeit war ich als Koch sehr erfolgreich, ich habe meine ganze Energie in meinen Beruf gesteckt, irgendwann wollte ich nur noch vergessen. Vor sechs Jahren habe ich als Koch einen Stern erworben und voriges Jahr hier im Hotel als Chefkoch angefangen. Schließlich habe ich Samira kennengelernt. Sie entstammt in Wirklichkeit einer albanisch-türkischen Familie und ist fünfzehn Jahre jünger als ich. Sie wurde in Deutschland geboren, ihre ganze Familie ist seit Jahrzehnten hier voll integriert. Sie hat keinen persönlichen Bezug zu den Ereignissen von damals.

Langsam, wie eine aufsteigende Sonne, hat sich Hoffnung in mir breit gemacht. Ich fing an zu glauben, es könnte doch noch alles gut werden. Ich könnte eine Zukunft haben, eine eigene Familie gründen, den alten Schmerz für immer begraben. Ich habe Samira gebeten, meine Frau zu werden. Sie hat ja gesagt. Da hat mir das Abwasser des Lebens Besart Bogdani vor die Füße gespült.

Er ist einer der ersten Namen auf meiner Liste. Ich habe ihn in seinem Zimmer abgepasst und zur Rede gestellt. Ich habe ihm erzählt, was mit meiner Familie passiert ist und ihn gefragt, ob er zu den Verantwortlichen von damals gehört hat. Er hat es nicht einmal geleugnet. Recht profitabel sei das damals gewesen, hat er grinsend geantwortet und mein Vater sei schließlich selbst schuld, hätte halt nicht so gierig sein sollen.

Ein unbeschreiblicher Hass ist da in mir aufgewallt, ich hab nur noch rot gesehen und wäre ihm beinahe direkt an die Gurgel gegangen. Nur mit all meiner Kraft gelang es mir, dem Drang zu widerstehen – er hätte nur wieder gewonnen und ich hätte meine Arbeit, meine Liebe und endgültig mein Leben verloren. In diesem Moment habe ich mir ein Versprechen

176

gegeben. Besart Bogdani wird sterben, noch diese Woche und von meiner Hand.

Der Rest war lächerlich einfach. Als er das Abendessen aufs Zimmer orderte, lief ich, unbemerkt in all der Hektik der Menüvorbereitungen für das Restaurant, in den Keller und füllte etwas Rattengift in einem Pappbecher ab. Damit Bogdani seine Strafe ganz sicher bekam, habe ich jedes einzelne Teil seines Schmankerltellers mit Gift beträufelt. Gott sei Dank hatten wir flüssiges Rattengift als Trinkköder – ich glaube, das war ein Wink des Schicksals. Meine Familie ist gerächt."

Nach seinem Geständnis schien alle Kraft aus Georg hinausgeflossen zu sein. Ich nahm ihn in die Arme. Sein Kopf sank auf meine Schulter.

Dann weinte er wie ein Kind.

22 Dienstag und Mittwoch – Selbst ist die Frau

Wie lange wir so dasaßen, kann ich nicht sagen. Es dämmerte bereits, als sich Georg von mir löste, mühsam auf die Beine erhob und zur Tür schlurfte. Er hatte die Klinke bereits in der Hand, als er mit fester Stimme sagte:

„Ich werde mich der Polizei stellen, jetzt sofort."

Ich verfolgte mit Blicken, wie er die Tür öffnete und langsam hindurchging.

„Nein, das wirst du nicht tun", sagte ich mit fester Stimme.

„Man hat nicht oft die Gelegenheit im Leben, für Gerechtigkeit zu sorgen. Es war Selbstjustiz, zu Recht verboten, ja. Aber es gibt Situationen, in denen sie erlaubt sein sollte. Es gibt tatsächlich wenige Menschen, durch deren Tod die Welt ein bisschen besser wird – und ich glaube, Bogdani war so einer. Ich werde dich nicht verraten, mein Ehrenwort. Die Polizei glaubt eh an einen Mord unter Ganoven.

Alles wird gut, Georg. Alles wird gut."

Am Mittwoch waren Toni und ich nach dem Abendessen in einer netten Pizzeria im beschaulichen Stadtteil Moosach zur Abwechslung mal in Tonis Wohnung gelandet, gleich um die Ecke. Als ehemalige Landgemeinde 1913 in die „Königliche Haupt- und Residenzstadt" eingemeindet, war das seit 4000 Jahren besiedelte und lange am Stadtrand von München gelegene Moosach von vielen Gärtnereien geprägt. Die inzwischen ins Verrückte gestiegenen Münchner Grundstückspreise haben bewiesen, dass nicht nur Handwerk goldenen Boden hat …

Toni war ein bisschen angeschickert und nachdem seine Wohnungstür hinter uns in Schloss gefallen war, erfuhr ich,

warum. Die Abteilung Organisiertes Verbrechen des Polizeipräsidiums hatte einen Tipp bekommen von einem ihrer ver-
deckten Ermittler. Ein gewisser Giacomo, wegen seines chole-
rischen Temperaments mit dem Spitznamen Leone Ruggente
versehen, Ableger eines bedeutenden Clans der Camorra von
Neapel, würde am folgenden Samstagabend in seiner Bogen-
hauser Villa eine Geldfuhre von 15 Millionen durch illegale
Geschäfte erworbene Euro empfangen, die in München gewa-
schen werden sollten. Der verdeckte Ermittler kenne sogar die
Lage des versteckten Panicrooms des Hauses und dass der
Zaster dort gelagert werden solle.

Die schmutzigen Scheine könnten, so Toni, auf ver-
schiedenste Weise sauber werden. Zum Beispiel durch viele,
bald unübersichtliche Transaktionen, durch An- und Verkaufs-
geschäfte, besonders auch von Immobilien oder von Kunst-
werken, welche dann mit legalem Geld beliehen würden und
durch viele weitere Tricks. Aber diesmal würde die Polizei der
Mafia einen Strich durch die Rechnung machen! Obwohl es
sein Arbeitsgebiet nicht direkt betraf, freute sich Toni über die
bevorstehende Aktion wie ein Schneekönig.

Als mein Kommissar nach dem kräftezehrenden Après Dinner selig in unseren zerwühlten Laken schlummerte, schlüpfte
ich leise aus dem Bett und stahl mich ins Wohnzimmer –
nicht, ohne vorher Tonis Handy vom Fußboden aufgelesen zu
haben. Nun saß ich auf dem Sofa, mal wieder im Evaskostüm
und scrollte durch die Anrufliste. Weil ich das Datum kannte,
dauerte es keine zwei Minuten, bis ich die gewünschte Nummer gefunden hatte. Es war der einzige Anschluss, den Toni in
der Schweiz angewählt hatte.

Nachdem mein Herzblatt, das im Gegensatz zu mir arbeiten musste, am nächsten Morgen die Wohnung verlassen hatte, setzte ich mich mit einer Tasse duftendem Jasmintee an das kleine Küchentischchen und grinste bei dem Gedanken an mein bevorstehendes Abenteuer.

23 Samstag – Razzia interrupta

Bei einem Spaziergang in den Tiefen des Nymphenburger Schlossparks ein paar Tage später wählte ich den schmalen Pfad an der Schlossmauer entlang, wo fast nie Besucher hinkommen und tat etwas, das ich schon immer mal tun wollte. Ich zog das eben erstandene Prepaid Handy hervor (der entgegenkommenden Händler hatte meinen falschen Namen auf dem in liebevoller Kleinarbeit bereits vor Urzeiten gefälschten Presseausweis anstandslos akzeptiert) und wählte die bei Toni abgefasste Nummer. Es dauerte ein bisschen, bis ich den Butler/Bodygard/Schläger am Züricher Ende der Strippe davon überzeugt hatte, dass ich nur mit Onkel Bogdani persönlich sprechen wolle und dass er es bereuen würde, wenn ich diese Nachricht dem Padrone nicht unverzüglich mitteilen könne.

Als der neue Chef des Hauses endlich am Apparat war, verkündete ich in direktivem Ton:

„Herr Bogdani? Dies ist eine Nachricht von jemandem, der es gut mit Ihnen und Ihren Freunden meint. Die Polizei wird am heutigen Abend, um 22 Uhr deutscher Zeit, eine Razzia in der privaten Villa unseres gemeinsamen Bekannten Giacomo Leone Ruggente in Bogenhausen durchführen. Sie kennen den Zugang zum Panicroom und wissen von der eben eingetroffenen Geldlieferung. Ihren Freunden bleiben noch drei Stunden, um Vorkehrungen zu treffen."

„Wer sind Sie und warum sollte ich Ihnen glauben? Und wovon reden Sie überhaupt – ich verstehe kein Wort!"

„Wer ich bin, tut nichts zur Sache. Natürlich steht es Ihnen frei, mir nicht zu glauben. Allerdings möchte ich nicht in Ihrer Haut stecken, wenn Ihre Freunde übermorgen erfahren, dass

Sie gewarnt worden sind und ihnen einen Verlust von 15 Millionen Euro eingebrockt haben."

Bevor Onkelchen nochmal etwas erwidern konnte, legte ich auf. Und grinste übers ganze Gesicht. Hey, B Movie spielen machte echt Spaß! Nun schaltete ich das Handy aus, entnahm die SIM Card und zertrampelte sie lustvoll. Dann flanierte ich entspannt zurück in höher frequentierte Bereiche des schönen Parks, ließ das Handy unbemerkt in den nächsten Abfalleimer gleiten und die hauchdünnen OP-Handschuhe in einen auf dem Heimweg. So viele Vorsichtsmaßnahmen waren eigentlich gar nicht nötig, aber ich fühlte mich dabei einfach so herrlich wie Susan Cooper undercover!

Ja, ich weiß. Die Bad Boys zu warnen und damit unserer hart arbeitenden Polizei und vor allem meinem Herzbullen eine Niederlage zu verpassen, war nicht nett. Aber der Zweck heiligte eben manchmal die Mittel – Betonung liegt auf manchmal …

24 Zwei Wochen später

Zwei Wochen nach Tonis Frustkrise wegen der verpatzten Razzia holte ich – nachdem er mir endlich die erwarteten Neuigkeiten erzählt hatte – zu meinem eigentlichen Schlag aus. Diesmal würden hoffentlich alle zufrieden sein – zumindest „die Guten"!

Neues Prepaid Handy, different time, different place.

„Ich bins wieder", verkündete ich dem Schwiizer Boy, der schon beim vergangenen Mal abgehoben hatte, „und ich will wieder Herrn Bogdani persönlich sprechen."

Diesmal hatte ich Uncle B. in Schallgeschwindigkeit am Apparat. Er dankte mir überschwänglich und versicherte, dass sich seine Freunde jederzeit gerne persönlich bei mir erkenntlich zeigen würden. Das konnte ich mir vorstellen.

„Ich habe Neuigkeiten", informierte ich Onkelchen, ohne auf sein Gesabbel einzugehen.

„Die Münchner Polizei hat Hanno Hetzenauer verhaftet, da sie sein Handy in der Nähe Ihres Schwagers geortet hatte, in der Nacht, als dieser ermordet wurde. Er steht in dringendem Tatverdacht. Da ihm klar war, dass er damit die Familie Bogdani *und* seine Arbeitgeber auf den Fersen hat, hat er sich den Bullen als Kronzeuge gegen verschiedene Oberhäupter der mit Ihnen befreundeten Vereinigung angeboten. Hetzenauer ist inzwischen wieder auf freiem Fuß, wird aber demnächst in Schutzhaft kommen und dann schnellstmöglich in das Zeugenschutzprogramm aufgenommen. Sie haben höchstens 48 Stunden Zeit."

Damit legte ich auf. Jetzt dürfte Herr Bogdani der II. Blut und Wasser schwitzen. Sollte er seine Freunde warnen? Hatte

Hetzenauer eigenmächtig gehandelt, oder hatten die „Freunde" ihn gar mit dem Mord an Besart beauftragt? In jedem Fall verlangte die Ehre Rache an allen Beteiligten.

Zu welchem Schluss auch immer Bogdani kommen würde, Hetzenauers Laufbahn als Auftragskiller und -verstümmler würde wohl in Bälde ihr abruptes Ende finden. Dass die Polizei ihn zwar vernommen, dann aber mangels Beweisen wieder hatte laufen lassen müssen, würde Hanno Hetzenauer jetzt wohl niemand mehr glauben. Schließlich war den Herren Gangstern auch immer noch nicht klar, wer wegen der Geldwäsche-Millionen von vor 14 Tagen so detailgetreu aus dem Nähkästchen geplaudert hatte.

Nur zur Info: In München gibt es doch keine Mafiosi!
Weit gefehlt. München erweist sich hier einmal mehr als die nördlichste Stadt Italiens. Im Moment ermittelt die Polizei der Landeshauptstadt gegen 198 Mafiosi vor allem aus Italien. Allerdings ist sie auch Mafiamitgliedern aus anderen Ländern auf der Spur. Nämlich Mitgliedern des organisierten Verbrechens aus dem Westbalkan, den Ländern der ehemaligen Sowjetunion sowie deutscher, türkischer, niederländischer und nigerianischer Herkunft. Diese haben mit ihren Evergreen-Geschäftsmodellen rund 106 Millionen Euro erworben: Hauptsächlich Wirtschaftsdelikte (z.B. gewerbsmäßiger Betrug, Schneeballsysteme, Anlage-, Computer- und Subventionsbetrug) und Eigentumsdelikte (u.a. Diebstahl, Erpressung, Raub, Hehlerei, Sachbeschädigung, Hinterziehung und Unterschlagung) sowie Handel mit Rauschgift, Menschen und Waffen

und – natürlich – Gewaltverbrechen. Sofern man Menschen-handel da nicht zuzählen möchte …

Vorwiegend sollen in der Weltstadt mit Herz der Licciardi-Clan der neapolitanischen Camorra sowie drei kalabrische Ndrangheta-Familien aus dem malerisch gelegenen San Luca tätig sein. Überflüssig, zu erwähnen, wie diskret diese Leute agieren und welch hohen Stellenwert Geheimhaltung in deren Wertesystem hat …

25 Zwei Tage später

Nur zwei Tage später klingelte Toni spät abends ganz aufgeregt bei mir. Als ich öffnete, pflanzte er mir, noch bevor ich einen Ton herausbrachte, einen flüchtigen Kuss auf die Stirn (!), schob mich rückwärts in die kleine Diele und knallte die Wohnungstür zu.

„Stell Dir vor, sie haben Hanno Hetzenauer gefunden, in einem Müllcontainer, tot. Du weißt schon, den Killertypen von der Mafia, dessen Handynummer wir in der Nähe des Zenz geortet haben, am Abend, als Bogdani getötet wurde. Den haben seine eigenen Leute umgenietet – Genickschuss, eine ihrer typischen Hinrichtungsarten."

„Aber warum denn, er hat seinen Auftrag, Bogdani zu ermorden, doch erfüllt?", fragte ich scheinheilig verwundert.

„Keine Ahnung. Auch wir rätseln noch. Vielleicht hatte er ja privat eine Rechnung mit Bogdani offen und hat auf eigene Faust gehandelt. Das mögen die Herren von der Camorra gar nicht. Zumal ihnen das erheblichen Ärger mit dem Bogdani-Clan einbringen könnte, also mit einem guten Kunden, wenn man den Kollegen vom Orga Verbrechen glaubt. Jedenfalls bedeutet das, dass wir den Fall Besart Bogdani abschließen können!"

Bei seinen letzten Worten umgriff er mit beiden Händen meine Taille und wirbelte mich durch die Luft. Ich quietschte vor Vergnügen. Als ich wieder heil gelandet war und wir, nach einem langen, innigen Kuss – diesmal nicht auf die Stirn – aneinandergeklebt wie siamesische Zwillinge aufs Sofa gesunken waren, ritt mich kurz der Teufel und ich fügte an:

„Aber 100-prozentig sicher, dass Hetzenauer der Mörder von Bogdani ist, könnt Ihr doch nicht sein?"

„Du hast natürlich Recht, uns fehlen konkrete Beweise. Allerdings sind bei einem Profi wie Hetzenauer in der Regel keine vorhanden. Und glaub mir, die Mafia bringt einen ihrer fähigsten Vollstrecker nicht ohne Grund um – schon gar nicht so demonstrativ. Das ist ein deutliches Signal, schaut her, so geht es Verrätern!

Nein, ich bin sicher, dass Hetzenauer der Täter war. Und eigentlich ist es mir auch am liebsten, wenn sich die Ratten am Ende gegenseitig umbringen. Tut mir leid, wenn das drastisch klingt."

„Schon gut, das kann ich durchaus nachvollziehen. Ich schaue nur deswegen so sparsam, weil du Schwerverbrecher gerade mit *Ratten* verglichen hast, einer Spezies, die sehr sozial, intelligent und liebenswert ist, wenn man sie entsprechend behandelt. Außerdem haben sie …"

Weiter kam ich nicht, denn Toni verschloss mir den Mund mit dem seinen. Ich bewunderte seine immer ausgefeilteren Tricks bei Der Widerspenstigen Zähmung …

„Jetzt, wo der Fall abgeschlossen ist, kann ich endlich wagen, was mir seit Wochen am Herzen liegt!", verkündete Toni, als wir wieder zu Atem gekommen waren.

"Ich bin ja auch nicht mehr der Jüngste. Liebe Sascha, ich möchte dich zu einem ganz besonderen Dinner einladen. Morgen Abend ins Chez L'Argousin."

Ich sah ihn mit großen Augen und offenem Mund an und brachte keine Erwiderung heraus.

Epilog

Hier sitze ich also, in diesem superschnieken Restaurant, mit meinem Kommissar – und bin total nervös. Er hat Champagner bestellt und streicht sich immer wieder die Haarsträhne hinters Ohr, die ihm so sexy lässig ins Gesicht fällt. Auch er ist aufgekratzt. Er hat sich vorher klammheimlich ein kleines Schächtelchen in die Jacketttasche gesteckt, ich habs genau gesehen. Mir wird grad immer heißer. Mein Gott, der will doch nicht etwa …?

Er macht hektischen Smalltalk, wippt derweil ungeduldig mit dem rechten Bein. Er wartet, dass der Kellner endlich mit dem Champagner kommt! Ich hab auf Autopilot geschaltet. Gebe Antworten auf seine Sätze, deren Inhalt komplett an meinem Gehirn vorbeigeht.

Wenn er mir jetzt wirklich die Frage aller Fragen stellt … *Will* ich das wirklich? Klar ist es der Traum jeder Frau, von „dem Richtigen" zum Altar geführt zu werden. Richtig ist er schon, natürlich. Wir haben viel Spaß miteinander, verstehen uns ohne viele Worte, haben etwa das gleiche intellektuelle Niveau (er liegt freilich ein wenig unter mir, das passt) und sind trotzdem im Temperament so unterschiedlich, dass es vermutlich nie langweilig werden wird. Und ich *hab* ihn sehr gern. *Und*, nicht gerade unwesentlich, er hält es mit mir aus. Mit *mir*!

Aber *kann* ich das wirklich? Habe ich trotz aller Emanzipation von bestehenden Rollenklischees dieses eine doch verinnerlicht? Dass das Ziel jeglicher weiblicher Existenzform die Ehe ist, die *eine* feste Bindung, der *eine* Deckel, der zum Topf passt? (Wie verquer geformt müssen im vorliegenden Fall wohl Topf und Deckel sein?!)

Im Augenwinkel sehe ich den Kellner nahen. Die Hüften mal links, mal rechts schwingend pflügt er zwischen den Tischen hindurch unaufhaltsam auf uns zu. Er trägt etwas mittelgroßes, tonnenförmiges in der Hand, aus dem schräg eine Art Ast ragt. Ich spüre, wie sich Schnappatmung anbahnt.

Bin ich *in der Lage, treu!?*, willens, bis dass der Tod mich scheidet – *treu!?* – nur einen einzigen Mann und sei er auch noch so deckelpassend, zu lieben und – *treu!?* – zu ehren!??

Kellner ist angekommen … stellt Kühler auf Tisch … hebt Flasche aus Kühler … schenkt mir ein, dann Toni … grinst wissend … dreht wieder ab. T. hebt sein Glas … *er*hebt sich … seine Lippen öffnen sich …

„Ich muss aufs Klo!", quietsche ich.

In einer einzigen ballettreifen Bewegung reiße ich mir die Serviette vom Schoß, springe in die Höhe, dass mein Stuhl nach hinten kippt und renne Richtung Toiletten. Im Kopf habe ich das Bild eines in der Bewegung eingefrorenen halb vom Sitz erhobenen Mannes mit vollem, in Richtung auf meine vormalige Position gerecktem Champagnerglas. Ich hatte mich an einem entschuldigenden Lächeln versucht, bin aber sicher, dass es voll in die Hose ging.

Jetzt steh ich vor dem riesigen Spiegel im „Washroom" der Damen und sehe eine Frau, die ich nicht kenne: Barbiekleid, vor Angst geweitete Augen, rotes Gesicht, feuchte *(aus dem falschen Grund!)* Haarsträhnchen, die an Selbigem kleben. Ein paar schwarze Punkte schieben sich von allen Seiten in mein Sichtfeld, die sich rasant vermehren.

Da wird mir klar, dass ich hyperventiliere. Mit aller Kraft zwinge ich mich, zwei Takte durch die Nase einzuatmen und vier durch den Mund aus, zwei ein, vier aus, zwei ein, vier aus

… Gleichzeitig halte ich meine Hände wie eine Schale gewölbt vor Mund und Nase, um weniger Sauerstoff und mehr Kohlendioxid in Lunge und Blutkreislauf zu pumpen.

Nach einiger Zeit werde ich spürbar ruhiger. Noch eine Weile später kann ich die Hände wieder runternehmen. Zwar ist mir jetzt ein bisschen schwummrig im Kopf, aber meine Gedanken sind wieder klar. Ich weiß wieder, wer ich bin und vor allem, wer ich *nicht* bin.

Es gibt so viele spannende Dinge zu erleben, so viele spannende *Menschen* kennenzulernen! Und passt das zu einer treusorgenden Ehefrau, die des Abends daheim ihren Göttergatten empfangen soll? Die Essen auf den Tisch gestellt haben sollte, oder wenigstens sicher auch morgen wieder am Stück und anwesend sein sollte – in der gemeinsamen Wohnung, die nach einem *Kompromiss* zweier innenarchitektonischer Geschmäcker eingerichtet sein würde.

Mein Leben ist viel zu riskant-spannend, zu kompromiss*los*, um mich jetzt schon zu bändigen und genauso will ich es! Ask me again when I'm 84! Von einer möglichen Rolle als Mutter will ich gar nicht erst reden. In der Hinsicht ist bei mir sowieso Hopfen und Malz verloren. Ich habe auch gar keine diesbezüglichen Ambitionen. Es gibt ohnehin viel zu viele Menschen auf der Welt und das Verantwortlichste, was man tun kann, ist, auch in dieser Hinsicht seine eigenen Grenzen zu respektieren. Und die Aussicht auf Nachnamen wie Herrlein oder Herrlein-Zöpfelchen, Zöpfelchen-Herrlein, das Zipfelchen vom Herrlein … Oh. Mein. Gott.

Außerdem will ich nicht auf all die leckeren Happen am Rande meines künftigen Lebenswegs verzichten, die sich da auf beiden Seiten des Ufers tummeln. Ich grinse. Endlich kenne ich mich selbst wieder. Armer Toni, ich werde es ihm so schonend wie möglich beibringen. Soweit es dieser Sascha Zöpfelchen halt möglich ist.

Ein Felsbrocken ist mir vom Herzen gefallen. Jetzt stehen mir wieder alle Möglichkeiten offen! Ich fühle mich leicht, ich schwebe, ich fliege in ein Leben voller spannender Abenteuer.

Über dieses Buch

Das meiste an der Geschichte um Sascha und das Hotel Zum Stenz ist naturgemäß frei erfunden. Einige beschriebene Informationen jedoch sind nicht aus der Luft gegriffen. Zum Beispiel viele Angaben über das organisierte Verbrechen in München.

Authentisch sind die großen Leistungen, welche Riesenhamsterratten für viele Menschen vollbringen als Minensuchtiere oder beim Erschnüffeln von TBC-Erregern aus Sputumproben. Allerdings züchtet das Münchner MPI keine der faszinierenden Geschöpfe und bildet sie auch nicht aus. Leider!!

Eine wahre Tragödie in der Geschichte Albaniens ist der Lotterieaufstand, bei dem unzählige Menschen ihr Hab und Gut verloren haben. Die Drahtzieher dieser nationalen und menschlichen Katastrophe sind tatsächlich nie gefasst worden.

Dank

Es hat mir viel Spaß gemacht, den vorliegenden Krimi zu schreiben - obwohl darin Ratten nur am Rande vorkommen. Ebenso habe ich, wie immer, die Bemerkungen meiner Testleserinnen genossen, die diese am Manuskriptrand oder online hinterlassen haben. Welche Freude, wenn euch Saschas sarkastischer Humor oder ihre Eigenwilligkeit und ihr kreativer Gerechtigkeitssinn ebenso wie mich zum Lachen gebracht haben.

Dir, Ilse, danke ich für deine wertvollen Korrekturvermerke in Bezug auf die deutsche Rechtschreibung, wenn ich etwas nicht wusste oder mich an einigen Stellen vom Eifer des Erzählflusses habe ablenken lassen und die Miene (im Gesicht) ohne „e" geschrieben habe ...

Dörte, dir verdanke ich, dass die Aussprache der Feddersen original hamburgisch klingt. Um den typischen Laut zwischen „a" und „o" = „å" – zu simulieren, haben wir uns sogar der schwedischen Tastatur bedient.

Liebe Brigitte, du hattest wieder einmal die Inhalte der Geschichte im Blick und hast mich auf Redundanzen aufmerksam gemacht. Außerdem habe ich dir zu verdanken, dass Saschas Geschichte zu Recht an einer anderen Stelle begann – Vorsicht: Genre-Verwirrung!

Ihr seid, ohne Absprache, ein tolles Team und ergänzt euch super!

Weitere Bücher derselben Autorin

Rattenscharf – Ein Nagerkrimi aus München

Münchner Ratten-Sherlock Maxi ermittelt
BoD Verlag - ISBN 978-3-7431-5620-3

1   Viele Ratten und ein Todesfall

Ja, ich kenne ihn, ganz sicher! Diesen deftig-zarten, safti-
gen, unwiderstehlichen Geruch! Er ist sehr schwach, gewisser-
maßen nur ein Hauch, aber eindeutig vorhanden. Er schlängelt
sich, einem Rauchfädchen gleich, in mein linkes Nasenloch.
Dort streicht er sanft über hunderte winziger Hochleistungsre-
zeptoren in mein rechtes Nasenloch. Schließlich füllt er meine
olfaktorische Welt komplett aus.

Meine Nase hat jetzt ganz von allein das Kommando über-
nommen und reißt meinen Körper um 73 Grad nach links auf
die Fährte. Mein Gehirn hinkt den Ereignissen gerade einige
Sekunden hinterher.

Dann plötzlich flutet die Erkenntnis mein Bewusstsein:
„FLEISCHPFLANZERLSEMMEL!!!" – vom Biometz-
ger!

Voll freudiger Erregung springe ich mit Mach 2 aus Gang
4 hinaus und renne auf das Objekt meiner Begierde zu. Mein
eingebauter Computer meldet:

„Noch 4 Se-kun-den ... noch 3 Se-kun-den ... noch 2 ...
eine ... Sie haben Ihr Ziel erreicht."

Es ist jetzt Freitag, Mitte März nach Menschenrechnung und kurz vor der Morgendämmerung. Hier auf dem Marienhof in München – meiner bescheidenen Meinung nach der schönsten Stadt der Welt – direkt hinter dem Rathaus ist um diese Uhrzeit Gott sei Dank noch fast nichts los. Und so schlau ich auch generell bin (das muss hier mal gesagt werden), beim F-WORT setzt meine Vernunft aus und die Sucht übernimmt. „I admit, I'm an adict, my lord". Schwerstabhängig, Motivation zum Entzug gleich null.

Ich stürze mich also auf den herrlichen Leckerbissen und genieße das unverhoffte Festmahl.

Mampf!… genau die richtige – Schlabber! …die richtige Mischung – Skruntsch! … Mischung von Fleisch und Ketchup – *Rrrülps*!! Oh, Verzeihung!

Nach dieser göttlichen Mahlzeit lasse ich mich auf die Hinterläufe plumpsen und streiche mir über das nach dem Essen wohlgerundete Bäuchlein. Na gut, ich *gebs* ja zu, dass es auch sonst nicht mehr der flachen Seite des zunehmenden Mondes gleicht, sondern sich eher der anderen annähert, aber nur ein kleines bisschen.

Während ich so verklärt vor mich hinschaue, fällt mein Blick auf ein dunkles Etwas, ca. fünf Meter entfernt, das aussieht, wie ein kleiner Berg Altkleider. Fast unwillig zieht mich meine Neugier in Richtung des schwarzen Bündels. Beim langsamen Näherkommen sehe ich, dass ein Auswuchs aus dem Haufen ragt, wie ein kleiner Ast mit ein paar winzigen Zweiglein am Ende.

Die Erkenntnis trifft mich wie ein Blitzschlag:

Das ist der Arm und die Hand eines Menschen.

Eines toten Exemplares, um genau zu sein.

Wieso habe ich den Toten nicht gleich bemerkt? Meine F-Sucht macht mir allmählich Sorgen! Denn jetzt rieche ich es ganz genau: Toter Mensch, männlich, ca. 46, seit 2 bis 2,5 Stunden tot, etwa 1,3 Promille. Auf meinen Riechkolben kann ich mich hundertprozentig verlassen. Schließlich bin ich eine Ratte.

Jetzt nicht den Kopf verlieren!

Panisch renne ich zurück zu Ausgang 4 unseres Baus, bremse kurz davor ab, drehe mich im Powerslide um die eigene Achse, eile wieder zurück zu dem Toten und verharre dort unschlüssig hechelnd auf der Stelle. Irgendwie scheint es mir falsch, ihn alleine zu lassen, obwohl das natürlich kompletter Blödsinn ist. Schließlich ist der Mann tot!

Da Fluchtinstinkt einerseits und Verantwortungsgefühl andererseits auf mich einwirken und mich in der Mitte auseinanderzureißen drohen, löse ich den Konflikt auf die traditionelle Art:

Ich setze mich hin und fange an, meinen Körper zu putzen, in seiner ganzen durchschnittlichen Wanderrattenmann-Länge von 26cm. Mein agouti-farbenes Fell – haselnussbraun mit schwarzen Spitzen, am Bauch silbergrau – ist mein ganzer Stolz. Meine samtschwarzen Augen übersehen darin kein Stäubchen!

Als ich mich gerade mit Hingabe der Säuberung meines 19cm langen Schwanzes widme, erklingt hinter mir plötzlich eine laute Stimme.

„Hey Maxi, wasn los Alter?"
Ich springe einen gefühlten Meter in die Höhe.
„Mensch Zwiebel geht's dir noch gut! Mich so zu erschrecken!"

Ich presse die rechte Pfote auf meine Herzgegend und warte, dass die Pumpe von Turbo wieder auf Normal runterschaltet.

Zwiebel ist mein Bruder und ein Punk. Er hat sich auf der linken Körperseite das Fell komplett abrasiert, ist also zweifarbig: auf der Fellseite schlammbraun, auf der nackerten schweinchenrosa. Bis sich mein Herzschlag wieder auf die normale Frequenz von 450 Schlägen in der Minute gesenkt hat, ist Zwiebel im Schlendergang bei der Leiche angekommen.

„Der sieht aber gar nich gut aus", kommentiert er die Lage. Im Vergleich zu wem, denke ich, schlucke die Bemerkung aber runter. Im Grunde bin ich nämlich froh, jetzt nicht mehr allein zu sein. Auch, wenn Zwiebel nicht gerade der Macher ist, eher Typ Mitläufer. Wir Ratten sind ganz klar Herdentiere.

Durch Zwiebels Anwesenheit etwas beruhigt, beginnt mein Kopf wieder klarer zu denken. „Lass uns den Toten kurz genauer anschauen", murmele ich mehr zu mir selbst und bin schon dabei, vorsichtig und in respektvollem Abstand um die Leiche herumzuwandern.

Der Tote liegt auf dem Bauch, ein Arm ist nach Vorne ausgestreckt, der andere unter dem Körper zum Liegen gekommen. Vom Gesicht sieht man nur die rechte Seite und die nicht ganz, weil der Mantelkragen ein bisschen hochgerutscht ist.

Hmm, gepflegte Kleidung, saubere, glatte Fingernägel. Ein Finger zeigt eine schwache rundum verlaufende Delle. Ich schau genauer hin. War da vielleicht vorher ein Ring dran, den der Mörder mitgehen hat lassen? Puh, die Finger riechen ziemlich scharf nach Zitrone. Oh! Auf dieser Seite ist die

Jackentasche ausgerissen. Hat da wer schnell-schnell die Brieftasche geklaut? Ordentlich geschnittenes Haar …

„Um Gottes Willen!", rufe ich und hüpfe rückwärts, „der hat ein riesiges Loch am Hinterkopf!".

Das ausgetretene Blut hat eine Lache gebildet, die bereits halb getrocknet ist und im Licht der Dämmerung schwarz erscheint. Ich beschließe, dass ich erst mal genug gesehen hab.

Einen Moment lang halte ich für das Kontem inne, die kurze Andacht aus Respekt vor einem toten Lebewesen. Die meisten von uns Ratten sind nicht religiös. Aber wir haben eine ausgeprägte Achtung vor dem Leben und sind dankbar dafür. Der Tod gehört zwar zur Natur, aber es ist immer schade, wenn eine Existenz endet, zumal früher, als es hätte sein müssen. Denn hier geht es glasklar um Mord. Um das zu erkennen, muss man kein Genie sein. Auch, wenn der tote Mann einer anderen Spezies angehört, fühle ich mich verpflichtet, mein Bedauern zu zeigen. Einfach, weil sonst niemand da ist, der es tun könnte.

Ich senke den Kopf und schließe die Augen. Ich öffne mein Herz für den Menschen, der dieser Tote einst war und den ich nicht gekannt habe. Dann mache ich meine Ohren weit für die Geräusche des frühen Morgens in der Stadt, das Zwitschern der Vögel, eine sanfte Brise, einzelne Automotoren, die in der Ferne aufheulen. Damit Neues entstehen kann, muss Altes vergehen. So ist der Lauf unserer Welt.

„Als erstes müssen wir den Fund melden, die Clans müssen in Bereitschaft versetzt werden", wende ich mich an Zwiebel. „Bald wird es hier von Menschen wimmeln: Arzt, Polizisten, Spurenleser (oder wie die heißen), Neugierige usw. Hab ich kürzlich schon mal erlebt, bei diesem Einbruch im

Juweliergeschäft in der Maximilianstraße. Da war die Hölle los! Ausgangssperre bis auf Weiteres, würd ich sagen."

Zwiebel stimmt mir zu. Er ist ein guter Kumpel, aber manchmal ein bisserl verpeilt. Ich glaub, er weiß gar nicht, was „Punk" eigentlich bedeutet. Äh, zugegeben, ich auch nicht so wirklich. Wir eilen zum Bau zurück. In rasantem Tempo hechte ich in Gang 4, Zwiebel folgt mir auf den Hinterpfoten. Währenddessen fiepe ich laut nach Marktschreier, dessen Aufgabe es ist, die neuesten Nachrichten sofort in meiner Heimstatt, dem Clan Marienhof, zu verbreiten und sie dann umgehend der Inforatte des nächstliegenden Clans mitzuteilen. Diese informiert dann ihrerseits den Boten des nächsten Clans und so weiter. Läuft alles nach einem genau festgelegten Plan ab – und in Worp-Geschwindigkeit.

In der ersten Kammer unseres Wohnkessels angekommen sehe ich gerade noch, wie ein hellgrauer Pelzrücken im Durchgang zur nächsten Kammer verschwindet – vermutlich der von Marktschreier. Ich setze gerade zu einem weiteren Schrei an, da bemerke ich mehrere Clanmitglieder, die in der Kammermitte zusammengeknäult vor sich hin dösen und stoppe abrupt ab. Zwiebel, der nicht mehr rechtzeitig bremsen kann, knallt voll in mich rein.

Als Fellbündel mit acht Pfoten schliddern wir auf die Kesselmitte zu. Dort haben sich mehrere Urgroßmütter sowie einige Großonkel und andere nicht mehr ganz taufrische Clanmitglieder zu einem gemütlichen Haufen zusammengerollt. Eine Krallenbreite von der Vorderpfote von Großonkel Joseph entfernt kommen wir zum Stehen. Er und vier weitere Oldtimer werfen uns vernichtende Blicke zu.

Da es hier besser ist, die Klappe zu halten, hasten wir weiter zu Kammer 2. Auch dort sehe ich von (dem vermutlichen) Marktschreier leider nur noch die Schwanzspitze im Durchgang gegenüber verschwinden. Bei unserem Lauf zur dritten Kammer treffen wir auf Sirkit, unsere selbstbewusste Austausch-Rättin aus Indien, die einst nur für ein paar Wochen unsere Münchner Lebensweise studieren wollte. Sie ist hier geblieben und hat mittlerweile eine mehrköpfige Familie. Außerdem ist sie meine beste Freundin. Sie hat Marktschreier tatsächlich gerade in Ausgang 1 verschwinden sehen.

Ich lege noch einen Zahn zu und fiepe, was das Zeug hält: „Marktl, Zefünferl, jetzt bleib hoit endlich steh, du Depp, du bläda!!" In Stresssituationen verfall ich gern ins Bayrische.

Marktschreier hält tatsächlich an und dreht sich verblüfft um. „Notfall", rufe ich, „Menschlicher Leichenfund an der Oberfläche bei Ausgang 4".

Jetzt ist der Marktl endlich bei der Sache, hört zu, fragt mir Löcher in den Bauch und saugt sämtliche Infos praktisch aus mir heraus. Als alles gesagt ist, halte ich mir schnell mit beiden Vorderpfoten die Ohren zu, denn Marktschreier ruft in einer speziellen Ultraschall-Frequenz alle Clanmitglieder zum Zuhören auf.

Zwiebel war leider nicht so geistesgegenwärtig wie ich. Während auch er jetzt verspätet die Pfoten auf seine Lauschlappen presst, wackelt sein Kopf hin- und her und seine Augäpfel drehen sich leicht nach innen. Marktschreiers Stimme wirkt: Alle Clanmitglieder im Umkreis von 10 Metern unseres Baus über und unter der Erde halten sofort paralysiert inne und hören den Neuesten Nachrichten zu.

„Liebe Clan-Mitglieder, nahe Ausgang 4 wurde an der Oberfläche eine menschliche Leiche entdeckt! Der Rat ist aufgerufen, sich sofort in Kammer 2 einzufinden und weitere Anweisungen zu erteilen!"

Mein Clan zählt 91 Tiere und meist herrscht bei uns eine lockere, milde anarchistische Basisdemokratie. Nur wenn es gefährlich wird, bilden sich hierarchische Strukturen. Dafür gibt es den Rat, der sofort die Führung übernimmt und von den anderen ohne Diskussion als Chefgremium akzeptiert wird. Für die Zeit der Krise.

Die drei Ratsmitglieder Großonkel Xaver und die Clanmitglieder Anna und Vitus besprechen kurz und leise die Lage in der in Windeseile freigemachten Kammermitte. Alle anderen im Bau befindlichen Clanmitglieder drängeln sich drumrum bis an die Wände, in den anderen Kammern und Gängen und warten schweigend auf die Anordnungen des Rates. Zwei Minuten später stellt Marktschreier sein Organ wieder auf volle Lautstärke:

„Ab sofort herrscht Ausnahmezustand! Keine Ratte verlässt den Bau! Alle Ratten, die sich außerhalb befinden, werden sofort von Moses in den Bau zurückgeholt!"

Sofort setzt lautes Gemurmel im Pulk ein, das Marktschreier jedoch gleich wieder niederbrüllt.

„Maxi, komm zu uns in die Mitte! Ist Maxi anwesend?!" Mann, fehlt nur noch, dass er fragt, ob ich ihn auch wirklich hören kann. Maxi, das bin nämlich ich (kommt von „Maximilian", sagt meine Schwester Kathi, kommt von „Maximus", sage ich). „Ich komm gleich!", ruf ich zurück und mach mich auf den Weg. Was aufgrund meiner Fell an Fell gedrängt stehenden Clangenossen gar nicht so leicht ist.

Ich quetsch mich halt durch, so gut es geht. „Tschuldigung! Lasst mich mal durch! Geht bitte mal zur Seite! Oh Verz …!". Dümmliche Floskeln vor mich her faselnd schiebe, drücke und drehe ich mich mit Schmackes in Richtung Zentrum. Als ich ankomme, ist mein Fell zerzaust, die feinen langen Härchen sind stellenweise plattgedrückt. Das kann ich eigentlich gar nicht leiden. Aber hier und jetzt mit Fellpflege anzufangen, ist, wie es so schön heißt, ein absolutes *No-Go*.

Unsere drei Weisen wenden sich mit würdevoller Langsamkeit zu mir um. Dann starren sie mich an, die Köpfe hoch erhoben und sagen – gar nichts. So lange, dass mir schon ganz anders wird. Dass ich mich frage, ob ich den toten Mann nicht hätte inspizieren dürfen, oder ob nun doch von mir erwartet wird, dass ich meinen zerzausten Pelz herrichte, oder ob ich, ohne es zu merken, ein Kapitalverbrechen begangen hab. Wie man halt reagiert, wenn einen Autoritätspersonen vor die Öffentlichkeit zitieren und dann demonstrativ anglotzen. Es fehlt gerade nicht viel und ich gestehe den Mord an dem toten Mann.

Schließlich richtet Vitus laut und deutlich das Wort an mich – in einem Ton, als ob er grad die zehn Gebote verkündet:

„Die Situation mit dem toten Menschen kann möglicherweise gefährlich für den Clan werden – wenn so nahe viele Zweibeiner alles Absuchen und dabei vielleicht unsere Eingänge entdecken. Wir wissen nur zu gut, wie ablehnend die Menschen manchmal auf uns reagieren. Aber diese Situation bietet auch eine einmalige Chance. Die Chance, der Herrscherspezies dieses Planeten die Nützlichkeit und Intelligenz der Gattung Ratte vor Augen zu führen!"

Vitus macht eine Kunstpause, während der meine Clangenossen und ich kollektiv den Atem anhalten. Kurz bevor den ersten die Luft ausgeht, lässt Vitus die Maus aus dem Sack:

„Maxi vom Clan Marienhof. Du bist der Vermittler zwischen Ratte und Mensch. Im Namen der gesamten Münchner Rattengemeinschaft ernenne ich dich hiermit zum Sonderbeauftragten! Geh und hilf den Menschen bei der Aufklärung dieses Mordes. Die Ratten aller Clans werden dich unterstützen, wann immer du es brauchst." Jetzt brandet ein ohrenbetäubendes Gefiepe und Gepiepse auf – das Beifallklatschen bei uns Ratten.

Mausetot – Ein Nagerkrimi aus München

Ratten-Sherlock Maxis 2. Fall

BoD Verlag - ISBN 978-3-7528-7053-4

1   Mäusehochzeit

„EIN GOTTESHAUS IST ENTWEIHT WORDEN!!!“,
deklamiert Bruder Bartholomäus in einem Ton, als wolle er die
nahende Apokalypse verkünden. Es folgt eine lange Pause,
während der er mich entrüstet anstiert.

Ganz so, als ob *ich* an all dem Schuld wäre!

Unbehaglich tripple ich von einer Hinterpfote auf die andere
und fühle mich tatsächlich ein bisschen schlecht.

Obwohl ich gar nichts getan hab!!

Gerade will ich in verbale Abwehrstellung gehen, da fällt mir
ein, mit wem ich hier rede: Bruder Bartholomäus, auf eine düstere Art würdevoller Bewohner der Krypta unter unserem
Münchner Frauendom. Vermutlich wünscht er sich vor allem
Respekt und derzeit ein kleines bisschen Verständnis für das
seiner Ansicht nach schreckliche Vergehen.

Worin auch immer es bestehen mag.

Ich muss den eingerosteten Dialog wohl mit ein bisschen
Mitgefühl schmieren, sonst stehen wir hier bis zum Sankt
Nimmerleinstag.

„Was für ein verwerfliches Übel wurde denn in diesem heiligen Hause begangen, dass es Dich so in Rage bringt?“

Sofort wird mir klar, dass ich diesmal zu weit gegangen bin.
Die Gesichtszüge von Bartholomäus, dem gläubigen Bruder,
verziehen sich zu einem gänzlich unheiligen Ausdruck.

Seelenqual? Nein. Zorn! Nackte Wut!

Ich will schon entschuldigend stammeln, dass ich ihn nicht verarschen wollte, dass die Worte mir einfach so in den Sinn gekommen sind, als Bartl im Stakkato durch zusammengebissene Zähne hervorpresst:

„Ei-ne Men-schen-frau — liegt tot — in der Wit-tels-ba-cher-Gruft — der Mi-cha-els-kir-che! Und sie — ist nicht auf — na-tür-li-che Wei-se ge-stor-ben!"

Über diese erstaunliche Nachricht vergesse ich sogar, erleichtert zu sein.

„*Unsere* Michaelskirche? Groß, mitten in der Fußgängerzone?", frage ich, bevor ich mich daran hindern kann.

Als sich ein infernalisches Donnerwetter in Bruder B.s Miene zusammenbraut, der ich die Frage ablesen kann, „Wie-vie-le-Wittelsbacher-Grüfte-GIBT-es-Deiner —Meinung-nach-in-München!!?", (tatsächlich befindet sich noch eine in der Theatinerkirche, wie ich später recherchiert habe), versichere ich hastig:

„Ich schau mir das unverzüglich an, Bart... — Bruder Bartholomäus!"

„Dieser Frevel wird nicht ungerochen bleiben!", ruf ich ihm im Weglaufen über die Schulter zu und gebe Fersengeld.

Ich kanns einfach nicht lassen.

Jetzt muss ich mich erstmal vorstellen: Ich bin Maxi. Im Clan Marienhof hinter unserem wunderschönen Münchner Rathaus bin ich der Sonderbeauftragte für „Foreign Affairs": Mein Job ist es, das Verhältnis zu Euch Menschen zu verbessern, weshalb ich hier live aus meinem Leben berichte.

Alles hat damit angefangen, dass ich mein Austauschjahr in England verbracht hab, beim ISL Clan unter der International

School of London. Dort hab ich heimlich Euren Unterricht belauscht. Deshalb kann ich lesen, (eher schlecht als recht) schreiben, ausreichend Englisch und ein bisserl Computer. Außerdem hab ich eine milde Sucht nach *Fleischpflanzerlsemmeln*.

Ach ja, übrigens, ich bin eine Ratte. Rattus norvegicus aus der Überfamilie der Mäuseartigen, Unterfamilie der Altweltmäuse, um genau zu sein. 45cm von der Nasen- bis zur Schwanzspitze, also mittelgroß für eine Wanderratte.

Aber lasst uns jetzt an den Anfang der Geschichte zurückkehren, an eine Stelle nur eine halbe Stunde vor meinem Besuch beim Bartl, als meine Welt noch völlig stressfrei und in Ordnung war.

Ich war gerade in Kammer 1 unseres Wohnkessels unter dem Marienhof – 91 Tiere, 3 Kammern plus ein Vorratsraum – damit beschäftigt, mit Sven, meinem Liebsten, für unsere bevorstehende Bandhalte-Zeremonie zu üben. Wir haben uns während der Aufklärung meines letzten Mordfalls kennengelernt (veröffentlicht unter dem Titel „Rattenscharf" von meiner Sekretärin Sofie Seidl). Und jetzt sind wir dabei, es offiziell zu machen.

Schwul sein wird bei uns Ratten übrigens recht relaxt gesehen, nicht so krampfig wie bei Euch Menschen.

„Ihr müsst Euch *spiegelbildlich* drehen, sonst kommt Ihr in der Mitte nicht zusammen! Sonst bleibt das Band *zwischen* Euch, anstatt Euch beide *einzuhüllen*, wie es sein soll!"

Mittlerweile klingt selbst meine für ihre Engelsgeduld bekannte beste Freundin Sirkit leicht genervt. Prompt folgt Svens und mein synchrones Gekicher. Zum wer-weiß-wievielten Mal. Was Sirkits Laune nicht wirklich verbessert.

„Ich hab ja Verständnis dafür, dass Ihr verknallt seid, aber wir üben das jetzt schon zum 20sten Mal, Himmel noch eins!", schimpft sie.

Stimmt nicht. Es waren höchstens 10-mal ...

Ich kann Sirkit ja verstehen. Unser Geturtel, gepaart mit grenzdebiler Tollpatschigkeit, ist für Außenstehende sicher schwer zu ertragen. Aber Sven und ich schweben nun mal auf Wolke sieben, seit wir uns entschlossen haben, das Band zu halten.

Nach einem weiteren missglückten Dreh-Versuch streckt Sirkit die Waffen.

„Mir reichts für heute, Jungs. Ich muss mich mal wieder um meinen Kleinsten kümmern, der weiß wahrscheinlich schon nicht mehr, wie Mami aussieht! Die Feier findet ja erst in ein paar Tagen statt, da habt Ihr noch genügend Zeit, diese schwierige Aufgabe zu meistern ..."

Sprichts und trippelt hastig in Richtung Kammer 1 unseres Wohnkessels davon.

„Svene-Mäuseschnäuzchen, lass uns das nochmal alleine üben. Volle Konzentration, bitte! Ich will, dass bei unserem Fest alles perfekt klappt!", ruf ich meinem Schatz mit einem Lächeln unter den Schnurrhaaren zu und nehm mein Band-Ende mit der Schnauze wieder auf.

„Diesmal machen wirs richtig, Maxilino-Supermaus", ruft Sven zurück, aber sein schelmisches Grinsen straft seine Worte Lügen. Bei jeder Drehung schwelge ich im Anblick von Svens silbernem Fell mit den feinen dunklen Tigerstreifen und bemerke das Aufblitzen seiner schönen honigbraunen Augen. Kein Wunder, dass unsere Probe nie hinhaut! Als wir uns der gemeinsamen Mitte nähern – natürlich wieder von der falschen Seite – und ein weiterer Kicheranfall droht, reißt uns eine wohlbekannte Stimme rüde aus unserem gemeinsamen Traum.

„*Maxi, Maaxi, Maaaxiii!!*" brüllt es aus dem Verbindungsgang zu Kammer 2. Ich kann mir gerade noch meine Vorderpfoten auf die Ohren klatschen, da seh ich einen hellgrauen Schemen auf mich zurasen. Ein Wortschwall ergießt sich über mich, bevor ich es durch verbale Abwehr schaffe, den Neuankömmling soweit einzubremsen, dass ich meine Ohren ohne Hörsturzrisiko wieder freigeben kann. Endlich zum Stillstand gekommen, hat der Schemen die Konturen von Marktschreier angenommen, der Inforatte unseres Clans.

Uns Ratten gibt es weltweit in 570 verschiedenen Formen und wir leben in Clans von circa fünf bis 200 Mitgliedern. Als megasoziale Wesen helfen wir uns selbstverständlich auch clanübergreifend. Wir Münchner Exemplare aus der Weltstadt mit Herz sowieso …

Marktschreier fungiert als Bote zu den Inforatten der nächstgelegenen Clans. Jede von denen verständigt wiederum die Inforatten von *deren* umliegenden Clans usw. Ist eine Nachrichtenlawine mit annähernd Lichtgeschwindigkeit. Mit seinem superschrillen Organ und dem straßenpflastergrauen Tarnfell eignet sich der Marktl perfekt für seinen Job.

„Maxi! Schnauf … du musst sofort zu Bartholomäus kommen … uff – Leiche!!!", keucht Marktschreier geräuschvoll.

„Was?", frage ich – zugegeben nicht sehr intelligent.

Passend dazu starre ich den Marktl mit einem dümmlichen Gesichtsausdruck an.

Als Marktschreier gefühlte 20 Minuten später wieder zu Atem kommt, erfahre ich endlich, was Sache ist.

„Der Bartholomäus will, dass du sofort kommst! Sie haben eine tote Frau gefunden!"

Spontan schießen mir verschiedene mögliche Bemerkungen durch den Kopf. „Was, *schon wieder* eine Leiche?", oder „Seit wann schert sich der Bartl um weltliche Angelegenheiten?", oder „Was zum Teufel geht mich das an, ich habe ein Band zu halten!"

Tatsächlich sage ich nichts von all dem. Weil mir nämlich die Aussicht auf einen neuen Ermittlungsauftrag irgendwie gefällt. Weil ich bei aller inniger Liebe für Sven schon ganz gern wieder mal einen aufregenden Einsatz hätte und weil es mich freuen würde, Oberkommissarin Lisi Moosgruber von der Menschenpolizei wiederzusehen.

„Ahm, *Sve*hnerättchen ... *hättest* Du was dagegen, wenn ich ... Du weißt, wenn der Bartl sich so aufregt, beruhigt er sich von selber nicht mehr und ..."

„Ist schon gut, Maxlrättchen. Du musst Dich nicht entschuldigen – schließlich kannst Du nichts für die Unterbrechung. Und im Moment kriegen wir das mit dem Bandhalten ja anscheinend eh nicht gebacken."

„Du bist ein riesengroßer Schatz! Ich bin bald wieder zurück."

Mit diesen Worten drücke ich Sven einen dicken Schmatz auf die Backe und düse los.

Ein bisschen hab ich den Verdacht, dass er ganz froh über die Unterbrechung ist, weil ihm das Gelegenheit gibt, sein Schnäuzchen in die Frühlingssonne dieses herrlichen Maitages zu strecken und anschließend ungestört auf unserem supermodernen Mini-iPad seinen Roman weiterzulesen.

Äh, eigentlich ist es gar nicht *unser* iPad, wir *verwahren* es nur. Es ... ist mir vor einiger Zeit von einer Parkbank, ääh, direkt vor die Füße gefallen – ja, so kann man sagen. Aber das ist eine ganz andere Geschichte, die ich Euch eh schon erzählt hab.

Jedenfalls ist es bei uns Ratten so: Wenn einer was findet, benutzen es alle. Naja und mit dem iPad hat sich seit dem letzten Mordfall einiges in unserem Clan verändert. Viele, vor allem die jungen Ratten, wollen jetzt damit Bücher lesen oder Filme schauen. (Weil wir unter dem Marienhof, gleich hinterm Rathaus, residieren, funktioniert im Bau das sogenannte „Weh-Lahn"). Seit einiger Zeit leitet meine Schwester Kathi deshalb begeistert eine Unterrichtsgruppe „Lesen und Schreiben auf Mensch". Die Methusalems um Großonkel Xaver hingegen warnen vor dem „Katzenwerk", das Unglück über uns alle bringen wird ...

Marktschreiers alarmierende Meldung war also der Grund für meinen Besuch bei der einzigen solo lebenden Ratte Münchens: „Bruder Bartholomäus". Für mich (und alle anderen) schlicht „der Bartl". Selbsternannter Diener des HERRN. Auch sein einziger Diener unter uns Ratten, um ehrlich zu sein, denn wir neigen nicht zum Religiösen.

Aber wir lieben die Natur und achten sie und unsere Artgenossen, ebenso wie alle anderen Lebewesen (abgesehen vielleicht von Hunden).

2   Mord im Mausoleum

Jetzt rase ich also durch die trockenen Teile der Kanalisation vorbei an den Wohnkesseln der Clans Kaufinger 2 und Sport Scheck in Richtung Michaelikirche und schlüpfe durch schmale Gänge hinein in die Fürstengruft unter dem Gotteshaus.

Mit einem Schlag werde ich abgebremst. Was mich so abrupt stoppt, ist die Atmosphäre in der Grabkammer. Die Zeit steht still an diesem Ort. Er wirkt wie luftdicht vom Leben abgeschlossen. Der relativ kleine Raum mit den schmutzig weißen Wänden und den vielen düsteren schweren schmucklosen Metallsärgen in allen Größen, die eng aneinander gereiht dastehen wie in einem Warenlager, hat etwas sehr Deprimierendes, Unpersönliches an sich. Besonders schlimm finde ich die ganz kleinen Särge.

Wir Ratten haben nichts gegen den Tod an sich – unserer Meinung nach gehört er zum großen Kreislauf, ein toter Körper gibt wieder neues Leben für andere. Meiner Meinung nach eine sehr tröstliche Vorstellung.

Aber dieser Raum schlägt dir deine eigene Vergänglichkeit mit dem Vorschlaghammer ins Gesicht. Wenn nicht einmal von großen Königen am Ende mehr bleibt als ein düsterer Kasten mit ein paar Verzierungen drauf …

Nur ein Sarg ist ein Stück größer als die anderen und mit einer Krone verziert. An seinem Fuß liegen sogar ein paar Blumen. Wem der wohl gehört?

Mal ehrlich, zum wiederholten Mal frage ich mich, was manchmal in Euch Menschen so vorgeht. Nicht genug damit, dass Ihr Euren Dahingeschiedenen riesige unterirdische

Wohnkessel anlegt – für jeden einzelnen eine eigene Kammer, wohlgemerkt – was für eine megamäßige Platzverschwendung! Ihr geht auch noch immer wieder dorthin, um sie Euch nochmal *anzuschauen*! Wie abgefahren ist *das* denn?!

Grauslig, wenn Ihr mich fragt!

Ich glaub bereits zu spüren, dass die düstere Atmosphäre mir meine Lebensenergie absaugt wie bei diesen Computerspielen auf dem iPad.

Als mein Blick auf die Tote fällt, denke ich einen überdrehten Moment lang, dass sie tatsächlich an der gruftigen Aura gestorben ist. Dann schüttle ich mich kurz aber heftig und konzentriere mich wieder auf meinen Job.

Schon bevor ich die Tote näher in Augenschein nehme, rieche ich etwas an ihr, ganz klar. Es ist ein Geruchsgemisch und im ersten Moment fällt es selbst mir schwer, die unterschiedlichen Düfte einzuordnen. Schon, weil der scharfe Alkohol darin alle anderen Gerüche überdeckt. Puh! Jetzt erschnüffle ich noch Spuren von Schokolade. Und noch etwas, nur einen Hauch davon, aber ich weiß nicht, was es ist. Irgendwie scharf und „brummig". Ich kanns nicht anders ausdrücken.

Jetzt lasse ich den Gesamteindruck von hier aus auf mich wirken. Alt und winzig liegt die unscheinbare, mausgraue Frau fast dekorativ auf dem kalten Steinboden. So, als wäre sie müde zu Boden geglitten und zwischen den bleigrauen Särgen einfach eingeschlafen. Wie in einer grotesken Schneewittchen-Parodie. Sie hat keine sichtbaren äußeren Verletzungen.

Auch ihr Gesicht sieht friedlich aus, sehr sogar. Richtig gelöst – fast wie erleichtert.

Wie bei dem ersten toten Menschen, den ich gefunden habe, gehe ich langsam und in kleinem aber gebührenden Abstand um die leblose Frau herum, beobachte und schnüffle genau. Ich würde sie auf etwa 84 schätzen, plus minus 2 Jahre. Bei recht alten Menschen bin ich mir da immer nicht so sicher. Jacke, Bluse und Rock sind ordentlich, fast einen Tick zu sauber (für einen Menschen!). Von guter Qualität, aber sehr stark abgetragen. Farbe: eine Zusammenstellung aus braun, beige und grau. Sicher war das alles mal modern – so vor rund 40 Jahren. Schätzungsweise ist die alte Frau seit ca. einer halben Stunde tot.

Die Hände der Verstorbenen sind fast zu groß für ihre schmächtige Gestalt, mit roter, rissiger Haut. Sie hat wohl zu Lebzeiten viel mit ihnen gearbeitet. Einen Finger ziert ein glatter schmaler Goldring ohne Stein. Ich hab gehört, dass das bei Euch Menschen sowas Ähnliches bedeutet wie bei uns das Band.

Plötzlich muss ich jetzt an Sven denken und in mir flammt heftige Sehnsucht auf. Was mach ich hier in dieser Totenkammer? Eigentlich sollte ich bei meinem Liebsten sein und mich gemeinsam mit ihm auf die bevorstehende Zeremonie freuen!

Dann aber siegt meine Neugier. Ich spüre, dass ich definitiv wissen will, was hier passiert ist. Warum nur? Weil „einmal Ermittler – immer Ermittler?" Oder ist es die Anziehungskraft von Euch Menschen?

Egal. Ich richte meine Aufmerksamkeit wieder voll auf die Tote. Da fällt mir auf, dass die abgenutzte kleine Lederhandtasche der Frau leicht geöffnet und fast ganz unter ihrem Faltenrock verborgen am Boden liegt.

Ich frag mich, ob ich da jetzt nicht mal reinschaun sollte – natürlich nicht aus ordinärer Neugier, sondern weil mir das

Detektivische inzwischen in Fleisch und Blut übergegangen ist. Außerdem muss ich Bartl ja irgendwas sagen können!

Also schlüpfe ich supervorsichtig in die Handtasche, mit meinem Näschen voran. Will ja keine möglichen Spuren verwischen.

Sofort fällt mir auf, dass hier der Alk-Schoko-Irgendwas-Geruch viel stärker ist, besonders an einem kleinen Stück hauchdünnem rosa Papier. Ansonsten befinden sich in der Tasche ein Schlüsselbund, ein paar Taschentücher (zum Glück unbenutzt!), ein kleiner Geldbeutel mit drei rechteckigen Plastikkärtchen, wo einiges draufsteht und mit ein paar Scheinen und Münzen drin.

Als ich die Handtasche der Toten wieder verlassen habe, betrachte ich mir ihre Gestalt nochmal im Ganzen:

Sie hat keine sichtbaren äußerlichen Verletzungen. Ihre noch überraschend dichten stumpfgrauen Haare hat sie in kurzen, starren Wellen getragen, wie ich sie schon bei vielen älteren Damen beobachtet habe. Ihr Gesicht wirkt, von Nahem betrachtet, irgendwie streng, wenn man den relaxten Ausdruck einmal weglässt. An der Stelle zwischen den Augenbrauen hat sich eine tiefe Falte eingegraben. Ansonsten ist die Haut der Frau für ihr Alter ziemlich glatt, finde ich.

Plötzlich wird mir klar, was an dem Geruch nicht stimmt – mit einem Schock überkommt mich die Erleuchtung:

Gift!

Vermutlich keines, das Nase oder Geschmackssinn eines Menschen entdecken würden, aber für Ratten eindeutig:

Gift – eingebettet in Schnaps und Schokolade.